中国故事

趣谈楹联

典藏版

孙丹林 著

山东美术出版社

图书在版编目（ＣＩＰ）数据

趣谈楹联：典藏版 / 孙丹林著. -- 济南：山东美术出版社, 2018.1（2019.8重印）
（中国故事）
ISBN 978-7-5330-6367-2

Ⅰ.①趣… Ⅱ.①孙… Ⅲ.①对联—中国—青少年读物 Ⅳ.①I207.6-49

中国版本图书馆CIP数据核字(2017)第145110号

题　　字：	孙丹林
治　　印：	王继雷
策　　划：	肖　灿
责任编辑：	韩　芳　　郭征南
装帧设计：	王海涛
插　　图：	王洪彦　　杨如茵
平面制作：	李兰香

主管单位：	山东出版传媒股份有限公司
出版发行：	山东美术出版社
	济南市历下区舜耕路20号佛山静院C座（邮编：250014）
	http://www.sdmspub.com
	E-mail: sdmscbs@163.com
	电话：（0531）82098268　传真：(0531)82066185
	山东美术出版社发行部
	济南市历下区舜耕路20号佛山静院C座（邮编：250014）
	电话：（0531）86193019　86193028
制　　版：	青岛海蓝印刷有限责任公司
印　　刷：	华睿林（天津）印刷有限公司
开　　本：	710mm×1000mm　16开　10.5印张　100千字
版　　次：	2018年1月第1版　2019年8月第2次印刷
定　　价：	19.80元

賞古代鹽豔趣話
汲民間文化甘泉

前　言

在信息爆炸的当下，中华优秀传统文化依然能为我们提供丰富的精神文化资源。为了唤醒文化记忆，开启文化自觉，坚定文化自信，我社策划出版了这套《中国故事》丛书。

《中国故事》邀请各领域专家撰稿，用明白晓畅、轻快活泼的语言，深入浅出地讲述一个个妙趣横生的小故事，让读者在轻松有趣的阅读中感悟中华优秀传统文化的博大精深，增长见识，更加热爱我们伟大祖国的传统文化。

楹联是我国传统文化的一大瑰宝，它的历史源远流长，时至今日依然有着勃勃生机。

本书由著名文化学者孙丹林先生执笔。孙先生曾在央视《百家讲坛》《文明之旅》等栏目主讲陆游、唐伯虎、楹联、汉字、节日等内容，被评为《百家讲坛》"最投入"的主讲人，讲课妙趣横生，现场气氛热烈；下笔亦全无沉重的道德说教和晦涩的专业解析，依然是娓娓道来，引人入胜，让读者在开怀大笑的同时体会楹联的无穷魅力。

丛书封底的印章"回音壁"系书法家、篆刻家王继雷先生所治。我国优秀的传统文化是一面历史的回音壁，能帮助我们了解过去，以更加自信的姿态面向未来。王先生功力深厚，篆刻作品曾获国家级大奖。这枚印章图案简洁有力，印边的花纹凸显了"壁"的形象，道出了"历史回声"的寓意。此印系王先生友情提供，我们在此深表感谢。

《趣谈楹联》是《文明之旅·喜迎佳节话对联》内容首次整理出版。初版上市后，获评第二届奎虚图书奖推荐奖图书（10种）、2016年大众最喜爱的鲁版图书（30种）等，得到了读者的认可。此次修订再版，我们重新设计了封面与内文版式，使其更加简洁、舒适、美观，希望能带给读者全新的阅读体验。

目 录

皇帝和农夫对对子——什么是楹联……………………1
老鼠跑到哪里去了——从春联说起……………………9
算盘是怎么来的——楹联中的文化……………………16
老子为什么姓李——在楹联中读史……………………21
一牛独坐看文章——从楹联中看教育…………………28
虽是怀虚气势宏——楹联中的知识……………………37
用萝卜对对子的高手——楹联中的智慧………………43
土坯"砸"出来的对句——楹联可以励志………………52
湘水横漰,浮来猪八戒——楹联中的修辞……………59
鱼有尾,牛有头,有头有尾——来自民间的楹联……66
新城几时旧?——妙手偶得成佳构……………………71
门上将军,两脚未曾着地——良构佳联出少年………77
上联"死"下联"韦"?——楹联的分类…………………85
一家"四代五尚书"?——看看庭宇联…………………94
三味书屋的由来——趣话书斋联………………………102
生死一知己,存亡两妇人——妙品风景名胜联………109
半夜生孩,亥子二时难定——简介贺联………………116
老鼠亦称老——谈谈贺寿联……………………………122
人到盖棺方有定论——挽联概说………………………131
庸医的诊所为啥火了——说说行业联…………………138
锡山无锡虚得其名——聊聊赠答联……………………146
春色满园关不住——楹联的作用………………………151
怎样作好对联……………………………………………158

皇帝和农夫对对子
——什么是楹联

先讲一个小故事：

现代文学家郭沫若小时候在私塾里读书。有一天，趁先生出去钓鱼的时候，他和许多孩子一起跑到附近的寺庙里偷桃去了。寺庙里的僧人把这件事告诉了先生，先生非常生气。

这位先生很有办法，他上课以后并没有讲课，先给学子们出了一句上联：

昨夜偷桃钻狗洞，不知是谁？

先生说："谁能把这上联对上，就可以免于责罚。"那时，在私塾里面有一项专门的课程叫"对课"，就是对对联。

孩子们一个个都低着头不敢说话，一是因为犯了错误，二是因为对不出下联。这时，郭沫若站起来，脱口而出：

他年攀桂步蟾宫，必定有我。

先生大喜，众学子也因为郭沫若的一句佳对而免遭竹笞。

从这句下联中不仅看出少年郭沫若的才华，也看出他少年时就胸怀大志。郭沫若的下联是什么意思呢？"他年"，就是"将来"的意思。"攀桂步蟾宫"，"桂"即月亮中的桂树，"蟾宫"即指月亮，科举时代用"蟾宫折桂"指代应考得中。这句话的意思是：将来能够金榜题名的人里一定有我。这是怎样的一种胸怀和自信啊！

请大家再仔细看这两句话，不难发现这两个句子字数相等，上下两句话相对应的每个词的词性也相同，组成的句子结构一样，内容互相关联，读起来朗朗上口。这种文学形式就是我们要讲的楹联。

其实，人们对楹联非常熟悉。我们经常会在一些旅游景点中看到楹联。每年春节的时候，家家户户都要张贴春联。

楹联虽然形式简单，但内涵非常丰富。你别看它就是两行句子，它所包含的内容几乎涉及生活的各个方面，而且在不同场合可以起到其他文学形式所起不到的特殊作用。

楹联的历史十分久远，有文字记载的资料大都说的是春联的起源。由于春联也是楹联中的一类，我们就以春联为例，知道了春联的来龙去脉，其他问题就会一一解决了。

据《山海经》记载，上古的时候，有兄弟两人，都是神仙，一个叫神荼，一个叫郁垒，居住在度朔山大桃树下。他们守候在万鬼出没的地方，一旦有恶鬼出现，他们就把恶鬼捉住，用苇索捆起来，把它们喂老虎。后人为了消灾求安，就把能够捉鬼的神荼、郁垒画在桃木板上，用以辟邪。为什么要画在桃木板上呢？因为神荼和郁垒生活在大桃树下呀！人们偶尔还在桃木板上写几句祈祷的话，这就是通常说的"桃符"。

所以桃符就是在一块长二三尺、宽四五寸的桃木板上画神像，同时写两句祝祷的话，每年新春更换新的。王安石有一首《元日》诗：

爆竹声中一岁除，春风送暖入屠苏。千门万户曈曈日，总把新桃换旧符。

说的就是每年要更换桃符的事。

历史上到底是从什么时候开始张挂春联的呢？在五代时期，有一个小国叫后蜀。964年除夕，后蜀主孟昶觉得政通人和，雨顺年丰，于是让翰林学士辛寅逊写几句吉祥话表示庆贺。可是辛寅逊写的词句交给孟昶后，孟昶并

神荼、郁垒

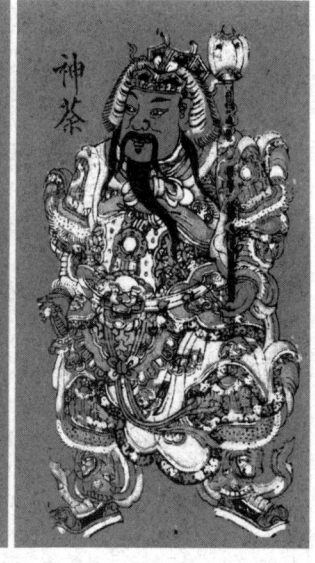

不满意，索性就自己在桃木板上写了两句话，挂在他居室的门框上：

新年纳余庆
嘉节号长春

每句话只有五个字，非常喜庆，非常符合新年气氛，而且上下句相对的词语对仗工整，音韵和谐，与两汉的骈体文非常相似。从此，桃符不再仅仅用神荼、郁垒的画像来辟邪，而是用传统的对仗语句来表示祈福、祝愿。这就是我国历史上有记载的最早的一副春联。

清代梁章钜《楹联丛话》记载："尝闻纪文达（纪昀）师言：楹贴始于桃符。蜀孟昶'长春'一联最古。"可知春联已经有一千多年历史了。

老百姓是什么时候开始张挂春联的呢？从正式的史料记载看，目前尚无定论。

晋代大书法家王羲之被称为"书圣"。传说有一年，他为自家撰写了一副春联。上联是"春风、春雨、春色"，下联是"新年、新月、新景"。写完就让人把这副春联贴出去了。

可是春联贴出去之后，糨糊还没干就被别人揭走了，为的是珍藏他的书法作品。王羲之知道后，只好再写一副："莺啼百里，燕语南邻。"没等糨糊干了，又被人揭走了。王羲之就又写了一副春联，这次没有人再去揭了。

原来，王羲之这次写的春联是"福无双至，祸不单行"。众人一看，这春联不吉利、晦气，谁还要啊？第二天就是大年初一，王羲之让他儿子把这副春联的下半段再贴出去。下半段写的是"今朝至"和"昨夜行"，连起来就是"福无双至今朝至，祸不单行昨夜行"。这么一来，晦气的两句话就变成大吉大利的春联了。这是民间传说，不足为据。

到了明代，楹联发展到了高峰。从帝王将相至平头百姓，赏、作楹联风行全国。百姓贴春联，出现了大街小巷"满墙红纸，气象一新"的景状。据当时的诗人袁宏道说，街市上甚至可以"骑马看年对"，成为一景，可见当时春联盛行的程度。

为什么明代楹联创作会空前繁荣呢？

一个原因是明代初期和中期经济比较繁荣，繁荣的经济必然会促进和带动文化的迅速发展；另一个原因是明太祖朱元璋酷爱楹联，他自己也非常善作楹联。

传说，一日朱元璋微服出访，在菜市场中遇到了一个卖莲藕的农夫。朱元璋见莲藕白皙细腻，不禁联兴大发，便对那农夫说："你会对对子吗？"农夫点点头。朱元璋便拿起一节莲

中国故事

藕出句道：

一弯西子臂

农夫也拿起一节藕，用刀拦腰砍断，指着藕的横剖面对道：

七窍比干心

农夫为什么把藕的横断面上的小孔说成是"比干心"呢？这里面有一个故事：传说商纣王荒淫无道，整天过着"肉林酒池"的生活。他的叔父比干曾多次劝谏，结果惹恼了他。商纣王对比干说："听说圣人生有七窍之心，把你的心挖出来给我看一看。"挖出来一看，果然如此。后来人们就用"七窍玲珑比干心"来形容心眼很多。

朱元璋和农夫的上下联真是漂亮极了。上联把藕比作美女西施的手臂，下联则把藕的孔说成是比干的心窍。上下两句从外到内，由物及人，对仗工稳，用典妥帖。朱元璋一高兴，便赏了那农夫。

一个农夫能对出如此佳构，并不是不可信的。楹联的语言通俗、生动，所以老百姓特别喜欢，在民间也流传着许多非常

山海关姜女庙

有趣的楹联。

我曾在山海关附近的万家乡做过知识青年，村里有一个老农把万家乡附近的姜女庙中的对联写在纸上，让我来念。

对联是：

海水朝朝朝朝朝朝朝落
浮云长长长长长长长消

这副对联乍看很难断句，但如果换上几个字就很好读了，即"海水潮朝朝潮朝潮朝落，浮云长常常长常长常消"。当时，我还真费了点劲儿才把它正确地读出来。之后，他又给我讲了一个楹联故事：

有一个牧童正在河边放牛，一个年轻人向他问路。牧童看他像个读书人，就说："我给你出一个上句，你要是能对得上，我就告诉你。"那书生说："我试试吧！"牧童出了一个上句：

牵牛喝水嘴对嘴

年轻人一听，牛喝水怎能嘴对嘴呢？他看到了河水，马上想到了"嘴对嘴"是牛喝水时的情景，牛和自己的水中倒影"嘴对嘴"。书生想：既然是"倒影"，就应该对"回音"呀！因此，他立刻想出了对句：

隔山唱歌音回音

小牧童听了十分满意，就给书生指明了道路。

楹联为什么称作"楹联"呢?"楹"是古代厅堂前部的柱子,而联语就张贴或悬挂在楹柱上。

楹联为什么又叫"对联"呢?因为上下联的字数、词性、语言结构以及平仄都要相对,就是常说的"对仗"。

其实,句与句之间的对仗在我国早就出现了。《诗经》中就有"昔我往矣,杨柳依依;今我来思,雨雪霏霏"之类的句子;《论语》中也有"乘肥马,衣轻裘"等句。至于两汉魏晋南北朝的辞赋,对仗的句子更是屡见不鲜。

楹联历经长期演变,渐进发展,从骈赋、格律诗中脱胎而成为全新的、十分成熟且独立存在的文学形式。

老鼠跑到哪里去了
——从春联说起

大家知道，明清时期的楹联已经发展到了高峰。为什么呢？前面我们说过，原因之一就是皇帝朱元璋非常重视。

朱元璋喜欢春联，全国上下张贴春联，能反映出国家的繁荣。有一年，朱元璋下令，新春期间，朝廷民间，每家每户都要贴上春联。他还带头撰写了几副对联送给身边大臣。其中赐给陶安的是：

国朝谋略无双士
翰院文章第一家

这副对联撰得十分工巧，上联说谋略，下联赞文章；上联是"无双士"，下联是"第一家"。

朱元璋为什么对陶安如此青睐呢？陶安是一个非常有学问

的人。他六岁丧父，矢志读书，从政后白天无暇读书，晚上总要读书到半夜，数年如一日，从不间断。累了就把书放在枕头下，醒来后再从枕下拿起书来读。陶安"以书代枕"的佳话满朝皆知。

一天，朱元璋驾临陶府，告诉陶府家人不要打扰陶安。他径直来到陶安的卧室，果然看见陶安枕下放的都是书。朱元璋十分高兴，就给陶安出了一句上联：

枕耽典籍，与许多贤圣并头。

什么意思呢？"耽"就是迷恋的意思。上联说枕头迷恋典籍，所以与许多圣贤并头。典籍不都是圣贤写的么？上联是真好。

陶安一听，十分佩服。他思来想去，正愁无对，忽然看见朱元璋手拿一把画有山水的折扇，心中一动，谦恭地对道：

扇写江山，有一统乾坤在手。

陶安也真是思维敏捷，由一把扇子，就能想到"有一统乾坤在手"，这正是对皇帝的恭维啊！而且和上联十分契合。君臣二人所作的联语都非常符合各自以及对方的身份，的确是联中佳品。

这一天，朱元璋微服私访，去检查家家户户贴春联的工作做得怎么样了。他见大街小巷贴满了春联，非常高兴。

走着走着，朱元璋发现有一家门外是空白的。他很不高兴，就派人问其究竟。原来这家世世代代屠猪、阉猪，没人会写春联；街坊邻居也无人能够代写。朱元璋见状，便让人笔墨伺候，他略加思忖，写下一副春联：

> 双手劈开生死路
> 一刀斩断是非根

横批是"祖传技艺"。大家注意，其他类别的对联一般都没有横批，但春联一定要加横批，横批贴在门楣上。

这副对联写得很好，上联写宰猪，下联写阉猪。尤其是下联，写得极具幽默感。

过了一段时间，朱元璋巡视完毕返回宫廷时，又路过这里，见这家还没贴上他写的春联，就问是怎么回事。这家主人恭敬地答道："这副春联是皇上亲自给我们家书写的，我们全家如获至宝。现在已经把这副御笔春联高悬在中堂，焚香供奉。"朱元璋听了大喜，命侍从赏给这家三十两银子。

春节撰写春联，历来得到上自帝王将相，下到普通百姓的高度重视，已经形成了中华民族的春联情结。尤其在民间，书写和张贴春联在迎春习俗中是不可或缺的大事。长期以来，百姓把春节前的活动概括成几句俗谚：

> 二十三供灶仙，二十四写大字，二十五磨黏谷，二十六砍块肉，二十七杀小鸡，二十八白面发，二十九上香斗儿。

灶仙即灶王爷，过去几乎家家都在锅灶所倚的东墙上供上灶王爷的画像，上面写着"一家之主"之类的文字。《论语》中有"与其媚于奥，宁媚于灶"的句子。

每年农历腊月二十三这天，家家都要给灶王爷上供品。供品很简单，就是灶糖。这种糖极甜极黏，目的就是让灶王爷在回天庭做"述职报告"的时候，多为百姓说好话，不说坏话。所以在灶神画像的两边还要贴一副对联：

上天言好事
下界保平安

从供灶仙这一活动中可以看出，我们这个古老的民族非常朴实、讲究实际。"民以食为天"嘛！老百姓就是祈盼有神来保护，从而过上安定平和、丰衣足食的日子，没有天灾病孽就足够了。

灶王年画

那么，"二十四写大字"又是怎么回事呢？就是农历腊月二十四这天，千家万户要买来大红纸，或自书，或请人撰写春联。其他类别的楹联未必用红纸书写，春联为什么一定要用红纸书写呢？最初主要是为了驱鬼辟邪。传说"年"是一种怪兽，惯于冬末春前为祸民间。它非常怕红色，见到起火就吓跑了。百姓知道了这个秘密，就用火驱赶它。久而久之，人们就用大红纸来取代火的颜色了。

如今每到年底，卖春联的到处都是，内容缺乏新鲜感，形式上也很不规范。我们怎样才能规范地书写并张贴春联呢？

首先，春联的内容要与自家的情况相符。

还是先听一个故事：

明朝有个屠夫叫徐英，排行老五，邻居都称他徐老五。他家特别穷，用百姓的话说就是一穷二白，家徒四壁。眼看就要过年了，别人家都磨面、杀鸡、割猪肉，可他呢？家里柴米油盐啥也没有，连老鼠都不知道跑到哪里去了。腊月二十四这天，别人家都开始写大字、贴春联了。徐老五本来没有心思贴春联，但政府有令，家家户户必须张贴春联。于是，他就向邻居借了红纸，写道：

鼠因粮尽潜踪去
犬为家贫放胆眠

春联的意思很好理解。徐老五的春联一贴出来，邻居们便议论纷纷。由于他平时人缘好，大家都非常同情他。这家送点米，那家送点面，还有的人家送来两块豆腐，最后这徐老五过了一个好年。

各位朋友也可以根据自己家里的情况，自己撰写自己喜欢的春联。

其次，要正确书写春联。一副好的春联，不仅内容要讲究，书写更得讲究，要把字写规范、写美观，这样才能让人们看懂。写春联一般用楷书、行书和隶书，尽量不用篆书和草书，因为难以辨认。自古以来，会写对联对文人来说是非常重要的。特别在过去，还常常用书写对联来考查教书先生的能力和水平。

民国时，有一个村就发生过这样一件事：

村里聘请来一个教书先生，第二天，校长便拿着红纸让他写一副结婚用的对联。内容是：

蜜月贺双璧
新婚期万年

墨研好后，这个先生拿着毛笔直哆嗦。校长再三催促，他只好硬着头皮写出来了。校长一看，扭头就走了。为什么呢？这个先生不但字写得歪歪扭扭，而且把玉璧的"璧"写成了墙壁的"壁"。结果这位用马车接来的先生，随后用牛车给送走了。

写春联还应注意格式。一般来说，家庭用联多在九言以下，就是上下联每句不超过九个字，以七个字为宜。如果是字数很多的对联，那就必须分两行书写。上联从右向左竖写分行，下联则从左向右竖写分行。如果需要落款，则写在上下联的中间，仍是从右向左竖写分行。这种对联称"龙门对"。当然，一般没有人写这样长的春联。

不论是长联还是短联，裁用红纸时大小要相应，安排时要上留天，下留地，上下联匀称相对。春联写好后，还要写横批，诸如"欢度佳节""吉祥如意""风调雨顺"等一些吉祥话，贴在门楣上。

那么，如何识别上下联呢？只要是规范的对联，上联结尾的字一定是仄声，即不是汉语拼音的第三声就是第四声；而下联结尾的字一定是平声，即不是第一声就是第二声。

　　琅玕岁报平安竹
　　锦绣春开富贵花

这是一副春联，作者充分表达了对新春到来的祈祝与喜悦之情，不仅联意出新，对仗工整，语言也十分优美。"琅玕"指美石，古人常在诗词中把竹子叫作"青琅玕"，形容竹之青翠。"平安竹"在这里用得也非常好。传说，从前人们为了驱逐邪祟，就把竹子投入火中，发出"噼噼啪啪"的声音。后来，每到过年的时候，人们就燃放纸卷的爆竹，驱邪镇鬼，祈祝平安。这就是"爆竹声中一岁除"中的爆竹，也是我们现在燃放的爆竹。春联中的竹子，正是为了表现人们对平安、吉祥的一种祝愿。

春联是因春节而起、应时而作的特殊文学样式，是春节专用，而且必须用红纸写上一些辞旧迎新的话，这一点与其他类型的楹联有着明显区别。春联的应用范围十分广泛，涉及千家万户，所以将春联单独划分为一类。

算盘是怎么来的
——楹联中的文化

我们学习楹联、普及楹联知识，是为了学习并弘扬我国的传统文化。毫无疑问，就形式而言，楹联承传了我国传统文化的表现形式；更重要的是在内容上，楹联承继并发展了我国传统文化的内容及精神。

济南千佛山舜祠有这样一副对联：

皇英一体，肇神州为一统；
日月重瞳，继尧帝而重华。

上联写尧帝把女儿娥皇、女英嫁给舜帝，促成了国家统一；下联说的是舜帝重瞳，名重华，以及尧舜禅让的美谈。

传说舜帝是重瞳，即一个眼睛里有两个瞳仁。他继承了尧的帝位后，在农业、水利等各方面都取得了巨大成就。

尤其在中华传统道德的建设中，堪称中华民族道德文明的奠基人。

舜帝所处的时代，是人类社会从蛮荒走向文明的转折过渡时期。舜以其优良的道德品质和卓越的治世才能，对社会道德规范的建立，发挥了开天辟地、影响千秋万代的作用。中国古代思想家都给了舜极高的评价，《尚书》说"德自舜明"，《史记》说"天下明德皆自虞帝始"，后世则干脆将其拥为道德文化的鼻祖。国民党元老陈立夫曾为舜帝陵题写了一副对联：

至孝千秋一德
笃亲万里同风

这副对联包含了两重意思：一是颂扬舜帝美德，一是反对"台独"。"笃亲万里同风"是说海峡两岸都是中华儿女，同根、同源、血脉相亲，不可分割。

细想一下，我国传统文化最重要的是什么？如果从儒家的角度来看，不就是仁爱孝悌吗？我们这个民族的传统文化五千年来一直承传到今天，应该说，仁爱孝悌起到了十分重要

济南千佛山舜祠

的作用。俗话说"打虎亲兄弟，上阵父子兵"，因为父子兄弟不仅有血缘关系，而且平时就在观念和行为中充分体现出牢不可破的"孝悌"的责任和义务。因此，我们今天借着学习、品读楹联的机会，重谈仁爱、孝道，有着十分重要的现实意义。我们再看一副对联：

敬爱无亲疏，天下高龄皆父母；
老残不孤独，人间晚辈尽儿孙。

这副对联语意非常明朗，对仗也很整齐。其中心思想是提倡尊重老人，而且指出"敬爱无亲疏"，对老人的敬和爱没有远近，"天下高龄皆父母"。说得太好了。孟子说："老吾老，以及人之老；幼吾幼，以及人之幼。"意思是：尊重自己的老人，并把这种尊重推广到别人的老人身上；关爱自己的孩子，并把这种关爱推广到别人的孩子身上。

孟子为什么要说这句话呢？这里有一个故事：

有一天，孟子去见齐宣王。齐宣王曾经看到有人牵着一头牛去祭祀，他很不忍心，就让人把牛换成羊。齐宣王对孟子说："我自己这样做了，事后想想为什么要这样做，却说不出所以然来。您说我的这种心态，和我想用仁义统一天下的王道之间，究竟有什么关系呢？"

孟子说："假如有人来向大王报告说：'我的力量能够举得起三千斤的东西，却拿不起一根羽毛；我的视力能够看得清

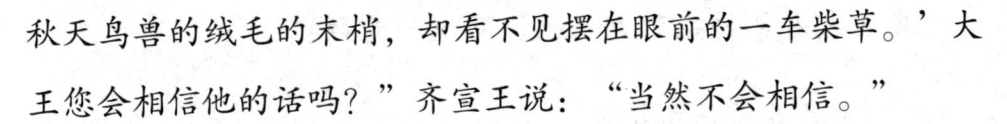

秋天鸟兽的绒毛的末梢，却看不见摆在眼前的一车柴草。'大王您会相信他的话吗？"齐宣王说："当然不会相信。"

孟子接着说："如今大王您的恩惠能够施及动物，却偏偏不能够施及老百姓，这是为什么呢？一根羽毛拿不起，是不愿意用力气拿；一车柴草看不见，是不愿意用眼睛看；老百姓不能安居乐业，是君王不愿意去施发恩惠。所以，大王您没有能够用仁义来统一天下，是不愿意做，而不是做不到。"

孟子是非常善于辩论的思想家，他常常以最生动形象的比喻、最精辟的语言来说明他的主张。上面一段话，最关键的内容就是要把自己的仁爱之心推广到别人身上去。

咱们再讲一个名人名联的故事吧！

大家都知道算盘吧，就是通过上下拨弄珠子进行计算的一种数学工具，它是我国古代劳动人民的伟大发明。那么你知道有关珠算的故事吗？安徽省休宁县有一个程大位故居，也是"珠算博物馆"，在那里你能找到一些答案。

程大位是明代商人，少年时就博览群书，尤其对数学感兴趣。他二十岁开始经商，走南闯北。由于商业计算的需要，他遍访名师，刻苦钻研，参考各家学说，完成了杰作《直指算法统宗》。后又经其本人删繁就简，写成《算法篡要》。这本珠算专著更臻完善，系统而简明。

明朝末年，一个日本人把程大位的这本书翻译到日本，以后又传到朝鲜、新加坡等地。

我们来看悬挂在程大位画像两侧的对联：

隶首薪传功丰算苑
统宗纂要名炳科坛

上联中的"隶首"是人名，传说他是黄帝的史官，专为黄帝收账，还发明了算数。"薪传"即薪火相传。下联中的"统宗纂要"指程大位撰写的两部书。

上联说隶首的发明薪火相传，在算数领域立下了丰功。下联说程大位在前人经验的启发下，经过自己的刻苦钻研，撰写了系统的珠算专著，在科学史上彪炳千秋。

程大位不但对珠算有贡献，还发明了卷尺呢！明代万历年间，内阁首辅张居正下令全国丈量土地。以前丈量土地就是用绳子一段一段地去量，既慢又容易出差错。程大位根据木匠

丈量步车　　使用的墨斗的原理，发明了一种丈量步车。这种丈量步车的外部均是木制，里面能够伸缩的"尺"是竹篾，竹篾上画有刻度，整个构造的原理和现代的卷尺完全一样。因此，程大位被称作"卷尺之父"。

可见，楹联虽小，却包含着大文化。这就是我们今天学习并推广楹联艺术的重要意义。

老子为什么姓李
——在楹联中读史

通过学习、欣赏楹联艺术可以丰富我们的历史知识，提高文化学养和道德修养。这一节，我将专门讲述楹联中所涉及的历史事件。

明武宗朱厚照在位的时候，有一个贪婪专权的宦官叫刘瑾。他野心勃勃，本来已经权倾朝野了，可是还不满足，甚至有篡位之心。文武百官几次弹劾他，都由于他党羽过多并深得明武宗的宠信而失败。

有一天，朝廷举行公宴。有一个侍郎叫费宏，他的哥哥比他的官位低一点。兄弟二人当时没有按官职排位就座，而是按年龄的大小依次入座，所以费宏就排在后面了。刘瑾见状，就想借此立威。他阴阳怪气地说道：

费秀才以羊易牛

这里面有一个历史故事，我们前面也有所涉及，这里具体讲一下：齐宣王在堂上正坐着，有一个人牵着牛经过。齐宣王问："把牛牵到哪里？"牵牛人回答："准备用它去祭祀。"齐宣王说："放了它吧，我不忍心看着它无罪而死那种发抖的样子。"牵牛人问："难道就不祭祀了吗？"齐宣王说："怎么能不祭祀呢？把它换成羊吧！"

在上联中，刘瑾是借齐宣王的话来挖苦费宏兄弟二人，把他们比作牛、羊。费宏一听，反唇相讥道：

赵中贵指鹿为马

"中贵"是官名，这里的"赵中贵"是指秦朝的赵高。刘瑾一听，脸色立刻变得非常难看，便拂袖而去。刘瑾为什么一听把他比作赵高就拂袖而去了呢？这又是一段秦朝的历史故事：

秦二世时，丞相赵高野心勃勃，日夜盘算着要篡夺皇位。可朝中大臣有多少人能听他摆布，有多少人反对他，他心中没底。于是，他想了一个办法，搞了一次别开生面的民意测验。

一天上朝时，赵高让人牵来一只鹿。他满脸堆笑地对秦二世说："陛下，我献给您一匹好马。"秦二世一看，这哪里是马，这分明是一只鹿嘛！便笑着对赵高说："丞相你搞错了，这分明是一只鹿，你怎么说是马呢？"赵高却十分坚定地说："请陛下看清楚，这的确是一匹千里马。"

赵高这样一说，秦二世还真有点糊涂了。他又看了看那只鹿，将信将疑地说："马的头上怎么会长角呢？"赵高一转身，用手指着众大臣，大声说："陛下如果不信我的话，可以问问众位大臣。"

大臣们都被赵高的一派胡言搞得不知所措，私下里嘀咕："这个赵高在搞什么名堂？是鹿是马这不是明摆着的吗？"见赵高脸上露出阴险的笑容，两只眼睛轮流盯着每个人，大臣们明白了他的用意。一些平时就阿附赵高的奸佞之徒立刻对秦二世说："这的确是一匹千里马！"一些胆小又有正义感的人都低下头不敢说话，因为说假话对不起自己的良心，说真话又怕日后被赵高所害，只好默不作声了。事后，赵高通过各种手段把那些不顺从自己的正直大臣治罪。

再说一个故事：

从前有一个项家庄，一个刘家庄，两个村庄相邻，都设有家族祠堂。为了显示本族的显赫，刘家庄的人在祠堂挂了这样一副对联：

　　两朝天子
　　一代帝师

这气势够大的了。刘家的祠堂为什么要这样撰联呢？这里又涉及历史人物了。因为刘氏的先祖刘邦打败项羽后，做了皇帝，史称汉高祖，这是西汉时的事。三国时期的刘备做过蜀汉皇帝，史称汉昭烈帝，而明代的刘基又做过朱元璋的开国军师。这不正是"两朝天子，一代帝师"吗？这一副对联涉及了三个朝代。

项家一看很不服气，就在自家祠堂挂上了这样一副对联：

烹天子父
作圣人师

从气势上看，老项家的更大——你刘家是天子，我项家还曾经烹天子他爹呢！这又是怎么一回事呢？

原来，在楚汉相争的时候，虽然项羽最后败在刘邦之手，但他曾抓了刘邦的父亲刘太公要挟刘邦，扬言刘邦不投降就杀了他父亲炖成肉羹吃。刘邦说："我们两人是结拜兄弟，我的父亲也是你的父亲。如果你一定要杀你的父亲，就分一杯羹给我吧！"最后，项羽听从了项伯的劝告，没有动手杀人。

下联也有出处：

春秋时的神童项橐在路上垒起了一堵墙，恰好孔子路过，项橐说："是车绕城而行，还是城绕车而行？"孔子考了项橐几个问题，项橐对答如流；项橐反问了孔子几个问题，孔子被难住了。于是孔子绕墙而行，并拜项橐为师。

你看，这两副对联记载了四个朝代的故事。

我们再看一副对联：

趣谈楹联

> 马援以马革裹尸,死而后已;
> 李耳指李树为姓,生而知之。

这又是两个朝代的故事。

上联说的是东汉时期的事。马援是东汉开国功臣之一,天下统一之后,他虽已年迈,但仍请缨东征西讨。他曾说:"好男儿应当战死沙场,用马皮裹尸还葬故土,怎么能够卧病在床,死在妻儿怀中?"其"老当益壮""马革裹尸"的气概深得后人的崇敬。

下联则又回到了春秋时期:

被后人尊称为"老子"的李耳,是我国古代伟大的哲学家和思想家、道家学派创始人。相传他在母亲腹中孕育了八十一年,有一天,他的母亲在庭院的一棵大李树下,从腋下将他产出。老

明代 唐寅 老子骑牛图

子一生下来就是白眉毛白胡子。他出生后,在庭院中走了两圈,指着李树说:"我就姓李吧!"这就是下联所说的"生而知之"。

> 春风阆苑三千客
> 明月扬州第一楼

这副对联的作者是赵孟頫。

赵孟頫字子昂，是宋元之际首屈一指的书画家，他的书艺、画艺为当时的艺坛别开生面。

赵孟頫是赵宋宗室。元统一中国后，于江南搜访遗留的人才，赵孟頫不得已而出仕，颇受元朝皇帝的青睐。但是，他夹在故国与新朝之间，不断遭受来自南宋遗民和元朝官宦两方面的非难、攻击，内心异常痛苦。这些感受往往流露于他的诗文之中，形成了他的一个创作特色。

据说，当时扬州有个富商也姓赵，非常好客。他家里有一座明月楼，许多人都为这座楼写过对联，主人都没有相中。一天，赵孟頫路过扬州，主人把他迎接到明月楼上，用丰盛的酒宴款待他。酒喝到一半，主人拿出纸笔请求赵孟頫赐联，赵孟頫就拿起笔写出了上面的对联。

赵孟頫把迎月楼比作仙境，称它为"扬州第一楼"。上下联以"春风""明月"为冠，衬托出"第一楼"的旖旎风光，令人向往。主人非常高兴，重谢了赵孟頫。

长沙屈原祠有一副对联：

何处招魂，香草还生三户地；
当年呵壁，清湘应识九歌心。

这又跑到战国来了。

屈原是战国时楚国的贵族，做过三闾大夫，因遭谗害被放逐。后来楚国国都郢被秦兵攻破，屈原十分悲愤，投汨罗江而死。

趣谈楹联

屈原的作品以优美的语言、丰富的想象，结合神话传说，塑造出鲜明的形象，富有积极的浪漫主义精神，对后世影响很大。上联的"三户"指楚国。《史记·项羽本纪》说："楚虽三户，亡秦必楚。""香草"指代屈原。屈原在被流放时，看见楚国宗庙的墙壁上画着楚国的先贤以及一些神话故事中的人物，于是他面壁呵问，写下了代表作《天问》。《九歌》也是屈原的代表作，

明代　陈洪绶　屈子行吟图

倾诉了他对楚国的一片忠心。这副对联巧妙地嵌入了屈原的代表作《招魂》《天问》《九歌》，歌颂了屈原的爱国之情。

　　在这一讲中，我们欣赏的对联内容涉及先秦、两汉、三国、元、明。当然，我们以前还涉及了尧舜，至于清代就更多了，以后还会大量出现。

一牛独坐看文章
——从楹联中看教育

我们通过欣赏楹联了解到，楹联是我国传统文化中不可忽视的文学形式，既然如此，在古往今来的楹联中就必然出现大量的教育因素。因为无论皇帝还是官员，也包括读书人甚至是普通老百姓，他们在对联的创作与传播中从来没有忽视其教育作用。我曾在安徽省黟县西递村看到这样一副对联：

几百年人家无非积善
第一等好事只是读书

这副对联是清代大收藏家胡积堂在大堂中央张挂的，至今已经有一百多年的历史。意思非常明显，就是教育子孙一定要积善、读书。因此，教育不仅发生在课堂上，环境本身就对人有教育作用。

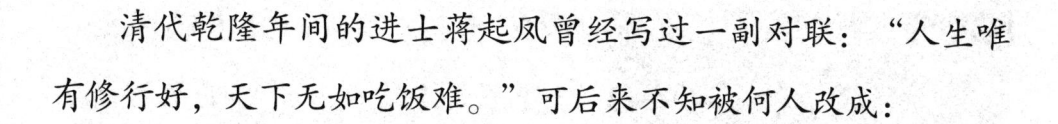

清代乾隆年间的进士蒋起凤曾经写过一副对联："人生唯有修行好，天下无如吃饭难。"可后来不知被何人改成：

人生唯有读书好
天下无如吃饭难

这一改，倒比原来的对联更富有现实意义。因为在封建社会，"万般皆下品，唯有读书高"的思想观念还是非常普遍的。但是，读书人又有几个能够"一朝登上天子堂"呢？因此，下联的"天下无如吃饭难"就有了着落。尽管如此，古往今来，人们读书上进、尊师重教的观念仍然是根深蒂固的。古人在庙堂奉祀的牌位上常写着"天地君亲师"，教师占有一席之地；"人有三尊，君父师是也"，教师被列入与君、父共同受尊敬的行列。这种尊师重教的美德在历代的对联里也体现得非常充分。如山西灵石修身书院牌坊联：

春风化雨恩浩荡
身教名传德崇隆

这是歌颂教师，歌颂教育的对联。

福州共学书院中的道南翼统祠有联：

坛上弦歌思孔壁
阶前雪色映程门

"坛"即杏坛，相传为孔子聚徒授业讲学之处。这副对联

中国故事

不仅十分工整，而且内涵深刻，上下联各包含一个尊师的故事。

汉武帝时，鲁恭王为扩建宫室拆毁孔子的旧宅，在夹壁墙中发现了多种古文经传，其中包括《尚书》《礼记》《春秋》《论语》等。很明显，上联对孔子表现出极大的尊崇，说：当人们一提到教育，或是在课堂上接受教育的时候，就会想到"大成至圣先师"孔夫子。

下联是说宋代理学家杨时向老师求学的故事：杨时曾向当时的大理学家程颐求教。一天，他和游酢去拜见程颐，恰巧程颐正在午休，杨时和游酢便恭恭敬敬地站着等候，一直没有走开。等到程颐醒来的时候，门外的雪已经有一尺深了。

明代 仇英 程门立雪图（局部）

中国人谈到教育，首推春秋时的孔子。孔夫子被尊称为"大成至圣先师"，是教育界的祖师爷，就连皇帝也要对其顶礼膜拜。

河北正定文庙大成殿刻有这样的门联：

万世尊崇称至圣
千秋景仰奉先师

在对联中说孔子是万世师表，可见中国对孔子及其思想的推崇程度，更可以看出古往今来人们对于教育的重视。

山西灵石县静升镇文庙左殿悬联：

颜子四勿，孟子四端，君子修身树德参本；
圣人三省，贤人三鉴，庶人向善从义敦行。

"颜子"即颜渊，名回，是孔子的弟子。他勤学好问，安贫乐道，箪食瓢饮，不改其乐，在孔门以"德"著称。"四勿"是："非礼勿视，非礼勿听，非礼勿言，非礼勿动。""四勿"对于今天的我们仍然有着积极意义。"礼"，我们不一定非要把它理解成"周礼"，在今天，国家利益、民族利益、社会公德、自身修养，就是我们的"礼"。如果人们真的做到这"四勿"了，哪里还有贪官污吏、盗窃分子、打爹骂娘的败类呀！

"孟子四端"是："恻隐之心，仁之端也；羞恶之心，义之端也；辞让之心，礼之端也；是非之心，智之端也。"孟子认为恻隐之心、羞恶之心、辞让之心、是非之心是仁义礼智的萌芽。现在许多人似乎已经完全把这"四端"抛弃了。老人倒在马路上，只有围观者，没有施救者，是为不仁；为赚钱偷工减料，毫无羞耻之心，是为不义；为出风头，自我吹捧，见钱就上，见利则不让，是为不礼；是非不明，颠倒真善美、假丑恶，胡作非为，是为不智。

"圣人三省"说的是孔子的学生曾子说："吾日三省吾身：为人谋而不忠乎？与朋友交而不信乎？传不习乎？"意思是：

我每天多次反省自己：替别人做事情是否忠诚呢？与朋友交往是否诚信呢？老师传授的知识是否复习了呢？这是一种多么可贵的自省精神啊！

"贤人三鉴"说的是东汉的荀悦说："君子有三鉴，鉴乎古，鉴乎人，鉴乎镜。"唐太宗进一步阐释："以铜为鉴，可正衣冠；以古为鉴，可知兴替；以人为鉴，可明得失。"

古往今来，许多对联从不同的角度来实现其教育功能。前面所谈的对联多是从尊师或者学习古代先贤的角度来说的，还有一些对联是从教育环境的角度来说的。环境十分重要啊！"昔孟母，择邻处"，不就是强调环境对人的影响吗？说一个有关教育环境的对联故事：

一个衙役突然成了暴发户，就供养他的儿子读书，专门为他请了教书先生，为的是将来能改换门庭，光宗耀祖。无奈他的儿子耳濡目染，已学会了做衙役的行当本色，终究难以改变。

一天，这个衙役的哥哥手持羽扇踱步走来，教书先生趁机出了一个上句，让这个学生对下句：

　　大伯手中摇羽扇

学生对句：

　　家君头上戴鹅毛

"家君"就是父亲。"鹅毛"是古代衙役帽子上的装饰。

据说是由公鹅喜欢争强斗勇而来，勇士往往把鹅毛插在帽子上，以示强悍。

先生无奈，只得又出一个六字对：

> 读书作文临帖

学生忙对：

> 传呈放告排衙

传呈，就是呈上状子；放告，指旧时官府每月定期坐衙，挂出放告牌，审理案件；排衙，指旧时官署陈设仪仗，所属吏员依次参拜长官的活动。这三个词都是旧时衙役们常说的话。

先生又出五字对：

> 读书宜朗诵

学生对道：

> 喝道要高声

意思是衙役在鸣锣开道的时候一定要高声呐喊。

先生又出四字对：

> 七篇古文

学生又对：

> 四十大板

先生越听越有气，就责骂：

胡说！

学生以为又是让他应对，就连忙答：

下站！

先生见学生实在无法引导，只得无可奈何地"哼"了一声，宣布下课。

这虽然是个笑话，但有人把它编成对联故事，而且还流传下来，足见人们对类似现象以及教育环境的重视。

教育是教育者通过语言和行为与受教育者进行沟通并产生共鸣的过程。在这个过程中，教育者应该让受教育者感到轻松，内心产生一种愉悦感，只有这样才能达到教育目的。大教育家孔子就非常注意这一点，在《论语》中有这样的记载：

有一天，子路、曾皙、冉有、公西华陪孔子坐着。孔子说："不要因为我年纪比你们大一点你们就感到拘束，就不敢讲话了。你们平时常总是说：'没有人了解我呀！'假如有人了解你们，你们打算怎么做呢？"于是，孔子的这些学生便非常轻松、直率地表达了个人志向。在学生们发言的过程中，孔子还说："没关系，不过是各言其志而已。"你看，这样的教育环境中，学生就能够非常愉悦地接受老师的教育。

传说清代某年浙江大考，朝廷派去一个姓牛的主考。这考

趣谈楹联

官怕考生交头接耳、考试作弊，就用纸条粘在考生的脑袋与桌子之间，纸条的长度只容考生俯仰。考生中如果有谁左顾右盼，纸条就会断裂。开考后，牛主考放心地捧着本书在监考的位置上看了起来。某考生打开试卷后，见有一道题是对对子，出句为：

万马无声听号令

该考生正因为纸条的事生气，他瞥了一眼考官，挥笔写下了对句：

一牛独坐看文章

本来上联出自欧阳修"万马不嘶听号令"的诗句，倒也比较符合考场的情景。只是考生不解其意，再加上这位牛主考富有创意的管理考场手段，学生憋得实在没有办法了，对了这句下联。恰巧主考姓牛，这才使上下联对得有味道。不过，根据下联的意思，上联如果改成"万马齐喑听号令"，则上下联更加对应。

再说一个故事：

有一个小孩很爱读书，有过目不忘的本领。他的父亲忘乎所以，逢人就夸他的儿子是"生而知之"，甚至从此就不让儿子学习了。等到这个孩子长大后，恃才傲物，放荡轻狂，竟然成为乡里一害。有人就为这个孩子撰写了一副对联：

生而知者也
死且已之乎

上联是化用他父亲的"生而知之"的话，下联则是对这害人之人的诅咒和讽刺。

本来"生而知之者"是不存在的，所谓"天才"也必须经过后天的努力。人们先天的才能虽有差别，但成功主要来自于后天的勤奋学习。

当前有些教师和家长对孩子的教育真是达到了令人吃惊的程度。他们并不是不让孩子学习，恰恰相反，是走到了拔苗助长的邪路上去。在这里，我也真诚地向孩子们的家长和老师说一句：别再补课了，还给孩子们幸福的童年吧！

虽是怀虚气势宏
——楹联中的知识

楹联这种文学形式之所以富有魅力,一个重要原因就是小小楹联概括性极强,可以"笼天地于形内,挫万物于笔端"。但是,如何巧妙地概括乾坤万物、大千世界呢?这就需要楹联的作者掌握丰富的知识。

相传,有一次朱元璋微服出访,来到一家小酒馆。落座后,朱元璋发现有一个书生正一个人喝闷酒。经店主人介绍,朱元璋知道这书生是因为科考落第而沮丧,所以最近常到这里来借酒浇愁。

朱元璋听到这里,便走到那书生面前坐下,装作若无其事的样子问道:"小书生,家乡何处?"那书生抬眼看了看朱元璋,随口答道:"重庆。"朱元璋一听非常高兴,"重庆",

很吉利呀！朱元璋又说："你千里迢迢来到京城，很不容易呀！我有一句上联，你能对出下联吗？"

那书生这才仔细地打量问话人，只见他长长的面孔，不怒自威。书生不禁心里一惊：这人莫非就是当今的皇上？刚想到这里，朱元璋已经说出了上联：

千里为重，重山重水重庆府。

上联出得很有学问，属拆字联。"千里"二字合起来便是"重"字，重庆是一座山城，那不到处都是山吗？它又地处长江和嘉陵江的汇合处，二水重合，这不正是"千里为重，重山重水重庆府"吗？那书生一听，更加印证了自己的判断。因为朱元璋长着一张大长脸而且喜欢对对子，几乎是国人尽知呀！于是，他打起了精神，很快就对出了下联：

一人成大，大邦大国大明君。

这下联对得也十分精妙，"一""人"合起来是"大"字，全句"一人成大，大邦大国大明君"分明是赞誉大明朝疆域广阔、皇帝英明啊！朱元璋听后非常高兴，赏了书生一个不大不小的官职。

你看，在这副对联中，上下联不仅用到了文字知识，而且还有地理知识呢！

古往今来，楹联包含的内容太广泛、太丰富了。文人喜欢用这种方式互相切磋，互相较量，从而不断地提高自己。家长和教书先生们也喜欢用这种方式让孩子们增长知识，打好做学问的基础。

当然，这首先得增加自己的词汇量。只有掌握了丰富的词汇，才能生动地表达自己的所见所感。请看：

> 阴阳有三，辨病还须辨证；
> 医相无二，活国在于活人。

这是现代著名中医学者任应秋先生为医圣张仲景撰写的对联。"阴阳有三"为中医理论。上联是张仲景辨治外感疾病的基本理论，意思是医生对患者的各种症状要严格细致地分析和论证，才能对症治疗。"医相无二"是说医生和宰相在工作性质上没有区别，无非是一个救国，一个救人。无论治国或救人，本来是医、官的职责所在，何况救国最终也还是要拯救黎民百姓。从这副对联中就可以看出，要想作出好的对联真是需要大量的知识！

除了积累丰富的词汇，熟练掌握、运用修辞方法对于欣赏和创作楹联来说也是至关重要的。高水平的对联不仅语言流畅、音韵和谐，往往还要明用或暗藏典故，使对联内涵更加丰富，艺术性更高。

什么是典故呢？典故一般指诗文中经常引用的、为人们所熟知的故事或词句。故事典故包括历史故事、文学故事和生活故事等；词句典故中有名言、谚语、成语、惯用语以及人们熟悉的诗文等。比如郭沫若曾经写过这样一副对联：

龙战玄黄弥野血
鸡鸣风雨际天闻

这副对联用了两个典故。上联用的是《易经》中的"龙战于野，其血玄黄"。上联说：在抗日战争中，中华儿女为了反对侵略、保卫国土而浴血奋战。下联的典故出自《诗经》，原句是"风雨如晦，鸡鸣不已"，用在这里，表示尽管斗争是如此艰苦，但中国人民奋起抗战之声响彻天际。

说到这里我们就知道，凡是大家比较熟悉的经典句子都可以用来做典故。比如范仲淹的"先天下之忧而忧，后天下之乐而乐"；苏轼的"但愿人长久，千里共婵娟"；李清照的"至今思项羽，不肯过江东"；文天祥的"人生自古谁无死，留取丹心照汗青"；鲁迅的"横眉冷对千夫指，俯首甘为孺子牛"。古人今人的诗文以及"精卫填海""夸父追日""学富五车""汗牛充栋""叶公好龙"一类的成语都可以作为典故入联，但这些都属于历史上早已发生的故事，或是时代久远的诗文。还有一种典故，可以是在同时代的生活中发生的、具有典型意义的故事。

苏轼有一个侍女叫朝云，曾与他一起颠沛流离，患难与共。朝云死后，苏轼撰写了一副挽联，用了一个发生在他们生活中

趣谈楹联

的典故。这副对联是怎么写的呢？

不合时宜，唯有朝云能识我；
独弹古调，每逢暮雨倍思卿。

这副对联写得太好了。朝云暖暖，暮雨凄凄；不仅对仗工整，而且充满了对朝云的深切思念。在这副挽联中，"不合时宜"就是一个典故。这个典故是什么意思呢？又是怎么来的呢？

一天，苏轼下朝后有些郁闷。他大概又在朝中遇到什么不顺心的事了，这对于苏轼来说是常有的事。他性情耿直，言辞犀利，因此几度被贬谪。

吃过晚饭，苏轼就在庭院中"扪腹徐行"，就是摸着肚子慢慢地散步。走了一会儿，他回过头来，拍着自己的肚子说："你们说一说，我这肚子里装的都是什么东西呢？"

一个婢女说："老爷满肚子都是文章。"苏轼摇了摇头。

一个家人说："大人满腹都是智慧。"苏轼还是摇头。

这时候朝云说："大学士一肚子装的都是不合时宜。"苏轼听罢，哈哈大笑，连连称赞："好一个不合时宜，好一个不合时宜呀！"

这就是同时代的典故也可以入联的典型例子。从某种意义上说，在特定的环境中，这种典故的效果往往比用古代典故更好。

作好楹联，除了要具有丰富的词汇积累和运用语言的能力以外，还必须有广泛的生活知识。有了生活知识还不够，还要展开丰富的联想，把"死的"生活知识经过充满新意的创作变成对联艺术，这就需要作者匠心独运了。

我曾为画家卢秋的一幅画撰了一副对联。卢秋善写竹，曾四次应邀赴日本举办个人画展。我的对联是这样写的：

笔直不屈，纵然身裂骨节硬；
墨疏有致，虽是怀虚气势宏。

上联是描述竹子自身的形象，下联是褒扬画家的笔法以及用墨。卢秋非常高兴，说："你对竹子的诠释太美了，青翠的竹子的确是'竹毁节存'的精灵，而它又有外直中空、虚怀若谷的特点。这些都是容易被人忽略的竹子的特质，也是一种常见的生活中的知识。"

用萝卜对对子的高手
——楹联中的智慧

从前,一个有钱人请了一个教书先生教子读书。东家非常吝啬,每次给先生送饭总是一个菜,而且总是大萝卜。先生虽然嘴上不说,但心里很不高兴。

一次,东家破例要请先生喝酒,想借此机会考一考儿子的功课。先生事先嘱咐他的学生:"酒桌上你父亲如果考你对对子,你看我的筷子夹什么菜你就对什么。"学生答应了。

第二天,东家摆好了酒席。先生一看,虽然有几个菜,但仍然是以萝卜为主,心里非常生气:今天非得整治你一下不可!

喝了一杯酒,东家果然提出要儿子对对子。他先出了"核桃"二字。学生看见先生在夹萝卜,便对道:"萝卜。"

东家认为对得不错,又出了一个"绸缎"。学生看见先生又在夹萝卜，于是又对"萝卜"。东家说："'绸缎'怎么能对'萝卜'呢？"先生笑了一下，说："'萝'是'丝罗'的'罗'，'卜'是'布匹'的'布'，有何不可呢？"先生利用"罗布"与"萝卜"谐音这一点堵住了东家的嘴。

这时，隔壁东岳庙传来了钟鼓声，东家便以"钟鼓"相试。先生依旧夹萝卜，学生照样对"萝卜"。这一下东家可就生气了，这不胡闹吗？"钟鼓"怎么能对"萝卜"呢？先生说："这'锣'乃是'锣鼓'之'锣'，那'钹'乃是'铙钹'之'钹'，还是对得上的。"东家只好说："勉强还算对上了吧！"先生用谐音又胜了东家一局。东家心想："今天怎么总是对'萝卜'呢？这回我出一个与萝卜毫不相干的，看他对什么？"于是出了"岳飞"一词。学生仍然按照老师的示意对了一个"萝卜"，东家气得一下子站了起来："这不是乱弹琴吗？那岳飞和萝卜怎么能对在一起呢？"

先生说："你想，岳飞是忠臣，罗卜是个孝子，忠臣对孝子这不正合适吗？"

这一轮就更显出先生的机敏了。原来，方才提到的"罗卜"叫傅罗卜，也叫目连。相传他的母亲死后被投入饿鬼狱中,罗卜以十方威神之力救出其母。唐代说唱文学《目连变文》中说目连自道身世,"号曰罗卜"。京剧传统剧目中也有《目连救母》。东家听罢,仍然怒气未消,责问先生道:"你为什么老让学生对萝卜?"先生也生气了,说道:"你天天让我吃萝卜,今天好不容易请我喝酒,还是让我吃萝卜。我眼睛见的是萝卜,嘴上吃的是萝卜,肚里装的是萝卜,怎能不让我教你儿子对萝卜呢?"东家听罢,哑口无言。

这先生为什么能够用一个"萝卜"以不变应万变呢?俗话说:"不怕衣衫破,就怕肚里没有货。"这先生不但肚里有"货",而且脑子反应快。

再讲一个故事:

从前有个叫邱琼山的人,聪明过人,小时候在乡里一个官宦人家的私塾里读书。有一天下大雨,这个官宦人家的孩子趁着老师不在,自己偷偷地跑回家去了。邱琼山座位上方的屋顶漏雨,他专心致志,直到肩膀被雨点滴湿了一片才发现,然后就坐到了公子的座位上继续学习。

那个公子回来后,看到邱琼山占了自己的座位,便向老师告状。这老师一听,本来觉得应该是邱琼山有理:他的座位漏雨了,你还不在,挪动一下有什么不可以的?可公子是东家的儿子,不能得罪。于是老师说:"这样吧,我出个对子,谁对上了就算谁有理。"接着说出上联:

点雨湿肩头

那公子抢先答道：

阵风吹柳叶

公子虽然勉勉强强也算对上了，但不够精巧，尤其是缺乏内涵。老师回过头来看着邱琼山问："那你呢？"邱琼山答道：

片云生足下

你看，这对句对得多漂亮！邱琼山用"片云"去对"点雨"，"片"和"点"自然比"阵"和"点"对得更为恰切；又用"足下"对"肩头"，更显得工整。而且，"足下生云"还含有自己将来会平步青云、仕途发达的意思，比那公子的对句高出一大截。

这一下公子可受不了了，跑到父亲那里去告状。这个老爷没有生气，只是有点好奇。他找来了邱琼山，说："我给你出个上联，你要是能答上来，这事就作罢。要是答不上来，你就回家吧，不要在这里读书了。"说着，就口出上联道：

孰谓犬能欺得虎？

这老爷表面上不动声色，可这上句出得的确十分刁钻。意思是：谁说小狗能够欺负老虎呀？这不是给邱琼山施加压力吗？邱琼山眨眨眼，立刻就对出：

安知鱼不化为龙？

意思是：你怎么知道那鲤鱼就不能跳过龙门变成龙呢？非常明显，对句比出句高出一截。

再听一个故事：

明代的解缙才高八斗，学富五车。据说他六七岁时就机敏过人。他家与曹尚书府第的竹园相对，小解缙就给自家的大门写了一副对联：

　　门对千竿竹
　　家藏万卷书

曹尚书看见之后很不痛快，心想：我家的竹园景色怎么能让他家借用呢？就让家人把园中的竹子统统砍掉一截。

解缙看了，就在上下联后面各加上一个字，变成了：

　　门对千竿竹短
　　家藏万卷书长

曹尚书看后更加气愤，索性让家人把竹子全部砍光。解缙见了，又在上下联后面各加一个字：

　　门对千竿竹短无
　　家藏万卷书长有

曹尚书十分惊奇，命家人把解缙叫到府上。解缙来到门前，大门却紧紧地关着。解缙高声喊道："正门不开非待客之礼！"曹尚书在门内说："我出几副对子，如果你对得上，我就开中门迎接你。"说罢，就念出了上句：

小犬无知嫌路窄

解缙对道：

大鹏展翅恨天低

曹尚书又念一个上句：

天作棋盘星作子，谁人敢下？

解缙闻声对道：

地当琵琶路当弦，哪个能弹？

曹尚书见解缙对答如流，连连称奇，立刻把大门打开，迎接解缙。解缙个子矮小，身穿绿袄，走起路来连蹦带跳。曹尚书挖苦他说：

出水蛤蟆穿绿袄

解缙一看曹尚书身着红袍，老态龙钟，立刻回应道：

落汤螃蟹着红袍

曹尚书听了，说："这小孩将来定有大造化。"后来解缙果然成了大学问家。

有的联家通过巧妙的构思、恰当的语言来表达自己的愿望或要求。既要达到目的，又要在联面上显得非常委婉，这也是对联中的智慧。

从前，有一个十分吝啬的东家请先生教他的儿子读书。当时每逢七夕节，即农历七月初七，雇主照例要设宴款待教书先生。可是这东家十分心疼钱，就想混过去。直到七夕傍晚，先生也没有接到宴请的通知，于是出了一句上联让学生对：

客舍凄清，恰是今宵七夕。

联面说"我这里太寂寞、凄清了，恰恰赶上今晚还是七夕节"，明显地在提醒东家。先生知道，这上联孩子哪能对上来，一定会拿回家去给他父亲看。这样就达到提醒的目的了。东家一看，人家主动提出来了。但他还是不甘心，于是对了一句下联：

寒村寂寞，可移下月中秋。

联中不提七夕节请先生吃饭的事，而是说不只是你感到凄清，村落偏僻，大家都一样。实在不行，咱们移到下月中秋时再聚吧！先生看过下联，也没有办法，等着吧。可好不容易盼到了中秋佳节，只是东家一家欢欢喜喜地在团圆，根本没有先生什么事。先生很生气，又把学生找来对对子。这次的上联是这样出的：

绿竹本无心，遇节即时挨不过。

先生这次是拿竹子说事，说即使竹子无心（暗喻东家没心没肺），那你遇到"节"的话（用竹节暗指"过节"），你也是躲不过去的呀！学生照样拿给他父亲看。东家一看，心照不宣，提笔写了下联：

黄花如有约，重阳以后待何迟？

这东家智商也不低，你拿竹子说事，我就以黄花为由；你说"绿竹本无心"，我就干脆明讲"黄花如有约"，直接推到重阳节吧！先生无奈之下只好再等。可到了重阳节东家也还是没请先生喝酒。先生一看，这次一定得好好整治一下这吝啬鬼了，就给学生出了这样一句上联：

汉有三杰，张良韩信狄仁杰。

东家一看，哈哈大笑，拿着这句上联直接去找先生。一见面，东家就说："汉有'三杰'，你怎么把唐代的狄仁杰放进去了？不是萧何、张良、韩信吗？"先生马上接过话头说道："你对汉代'三杰'记得如此准确，可对今年的七夕、中秋、重阳这'三节'为何忘得干干净净呢？"东家被问得满脸通红，无言以对。你看，这就是对联中的智慧。

明末洪承畴字彦演，号亨九，平生以重视节操自诩，曾自撰一副对联：

君恩深似海
臣节重如山

洪承畴战败降清之后，崇祯皇帝还以为他为国捐躯了，非常心痛，为他写了一篇祭文。当已然是清军将领的洪承畴攻破南京后，他早年的学生金正希投上一个帖子，说："有篇文章请老师指点。"洪承畴推托说："年纪大了，看不清字。"金正希说："学生读给老师听。"于是当众展卷，高声朗诵，抑扬顿挫，掷地有声。原来正是崇祯皇帝御制的悼念洪承畴"为国捐躯"的文章。洪承畴满面羞惭，无言以对。有一个被俘的将军囚在南京，洪承畴劝他降清，他掩耳大叫："我不信洪亨九会投降！哪有像洪亨九那样受过深重皇恩的人会投降的！你们一定搞错了！"

后来，让洪承畴特别尴尬的这两个人同日赴难，而他投降的丑事也大白于天下了。于是，有人在"君恩深似海，臣节重如山"的上联联尾加了一个"矣"字，在下联联尾加了一个"乎"字。"矣"字是文言虚词，常表示肯定的语气，上联就变成：明朝皇帝对洪承畴的确是恩深似海了。"乎"用在句尾常表示疑问的语气，下联就变成了：难道洪承畴果真忠君报国、气节如山吗？

上下联各加一字，对联的意思就大相径庭了，让人不得不佩服这个加字之人的聪明才智。

土坯"砸"出来的对句
——楹联可以励志

"诗言志，歌咏言"，楹联也是如此。诗不言志，作者就无法将自己的理想、抱负、情趣抒发出来。同样，一副好的对联，总会或明或隐地向人们表达作者的心志。一种是主观表达，一种是客观反映。

旨在抒发自己心志的对联叫作言志联，比如徐悲鸿写过的一副对联：

　　独持偏见
　　一意孤行

这副对联令人诧异，这位大艺术家怎么用贬义词撰联呢？这与他的志向有什么关系？背后有一段鲜为人知的故事。

故事说，有一天，国民党文化官员张道藩登门拜访，请徐悲鸿为蒋介石画一张像。徐悲鸿拒绝了，说："我对这个不感兴趣。"张道藩吃惊地问："那你对什么感兴趣？"徐悲鸿严肃地说："我对抗日感兴趣，对人民大众感兴趣！"

张道藩看见墙上的对联"独持偏见，一意孤行"，嗅出点味道，便威胁说："徐先生，我劝你还是顺应历史潮流，不要'独持偏见，一意孤行'，免得将来后悔！"徐悲鸿淡淡地回答："这就不劳费心了。"张道藩碰了一个大钉子，灰溜溜地走了。

在这副对联中，作者有意利用贬义词，抒发追求自我、不与恶势力同流合污的志向和情怀，弘扬了真正的艺术家的浩然正气。大家都知道徐悲鸿有一句名言："人不可有傲气，但不可无傲骨。"这句掷地有声的豪言壮语，就是对徐悲鸿那副对联最好的诠释。

明代的牛金星通晓兵法，由于受人诬陷被革去功名，他一气之下投奔了闯王李自成。

有一天，李自成因为战事不顺十分郁闷，牛金星对他说："我昨晚得了一副对联，有兴趣听一听吗？"这副对联是：

大泽龙方蛰
中原鹿正肥

意思是说李自成就像一条蛰伏的龙一样，将来定成大业。根据当时的形势，要想成就大业必须占据河南，以河南为战略中心逐鹿天下。李自成看了这副对联，受到很大的启发，连连称赞:"好联,好联!"

说起李自成,他之所以能够成为农民起义军的领袖,不是单凭一句"乱世出英雄"就可以解释的。李自成从小就心怀大志。他少时家贫,但人穷志不短。据说他少年时,一天晚上,雨过天晴,月光皎洁。他的老师乘兴叫他对句。老师先念了上联:

雨过月明,顷刻呈来新境界。

李自成正在思考,忽然之间狂风大作,尘土飞扬,天昏地暗。他见景生情,对道:

天昏地暗,须臾不见旧江山。

老师听了非常兴奋,连声夸奖:"好!是言志的佳构。"

明末有个叫唐泰的人,学问很好,琴棋书画无不精通。他上京应试,却名落孙山。他怀着非常郁闷的心情漫游祖国的名山大川,排遣苦闷。一个偶然的机会,他见到了著名画家董其昌,二人一见如故。唐泰提出要拜董其昌为师,潜心研究书画。董其昌虽然没有当即答应,但非常理解落第书生的心情,就邀请唐泰到自己家住下,两个人共同探讨书画艺术。

在董其昌的悉心指导下,唐泰认真习画,技艺精进。他的画继承董其昌一派的画风,又有着用笔疏朗、着墨逸放、意境深远、风格清新的特点,让董其昌十分佩服。

唐泰本想再图功名,但他见到从朝廷到地方的大小官员贪赃枉法，鱼肉百姓，觉得十分愤懑，可是他又没有铲除坎坷的能力。在游览滇西鸡足山时，唐泰削发为僧，在那里的金顶寺定居下来，取法名"普荷"，自号"担当"，后来成为得道高僧。唐泰出家后，并没有忘记自己的志向和万里之行所见到的百姓疾苦，于是写下了一副对联：

　　托钵归来，不为钟鸣鼓响；
　　结斋而去，也知盐尽炭无。

上联表明他出家修行不是为了得到寺庙里的清净和安闲，从而求得功德圆满，而是出于对当时社会的不满，因而远离污秽。下联是说他对天下的劳苦大众的艰难生活怀着无限同情。担当圆寂后，人们把这副对联视为佛门珍品，送到昆明筇竹寺保存起来。

明代　担当　虎溪三笑图

　　明代嘉靖初年，顾璘出任湖北巡抚。他视察江陵时，当地正在举行童子试。一向重视人才的顾璘欣然前往观看。他发现一个小孩长得乖巧伶俐，非常可爱，就把他唤到自己身边，问他："你叫什么名字？"小孩说："我叫张居正。"顾璘说："好啊！既然幼苗居正，长大了准是一个人才。我给你出一个上联，你对对看，如果对得好，我以金带相赠。"张居正不慌不忙地施了一礼道："请老大人赐教。"

顾璘拉着张居正的小手说：

雏凤学飞，万里风云从此始。

顾璘的上联对张居正来说正中下怀，他立刻高声诵道：

潜龙奋起，九天雷雨及时来。

顾璘的上联很好理解，"雏凤"显然指的是张居正。上联是从实际出发，来考校张居正的才学。下联呢？"潜龙"正好对"雏凤"，而且是"九天雷雨及时来"，意思是说那潜伏的龙在适当的时机就会破云腾飞，比起上联更有气势。

顾璘听罢大喜，拍着张居正的肩膀说："真是有才有志的孩子，只要你永远居正，定是国家栋梁。"说着就解下自己的金带，赠给了张居正。

万历初年，张居正果然当上了内阁首辅。明代没设宰相，内阁首辅是一人之下、万人之上的大臣。张居正是明代杰出的政治家。从政期间，他加强对官吏的管理，治理黄河，推行了一系列改革措施。

我们再来听一个故事：

从前有个上京赶考的书生，走到中途饥肠辘辘。恰好路边有个卖汤圆的老汉，做出几碗热气腾腾的汤圆，敲着勺子，向他兜售。书生真想吃两碗，可是已经身无分文。那卖汤圆的老汉似乎看出了他的难处，便说："只要你能对上我出的上联，汤圆就白送给你吃了！"书生心想："一个卖汤圆的老汉能想出什么高深的上联！"就迫不及待地端起碗，一连吃了两碗。

那卖汤圆的老汉等他吃完，说："我就用我的生意出对，把做汤圆用的米粉中的'粉'字拆开作为上联，你对对看。"老汉出了这样一句上联：

八刀分米粉

书生也想针对自己的身份，找一个字将它拆开来对句，因为人家老汉出的上联是联系自己职业而成的嘛！可是，他绞尽脑汁，挖空心思，还是没有找出这个字。老汉见他实在为难，就说："算了，年轻人，你赶路要紧，等你中了状元，回来再对也不迟。"

这书生很有志气，不想违约白吃人家的东西。他想："连一个卖汤圆的老汉出的对子我都对不上，还谈什么考状元？此联不对出来，不能离开。"想到这里，他就对老汉说："老人家，我愿意在您这里推磨混口饭吃，等对出下句我再走。您看行吗？"老汉一看这年轻人十分诚恳，就把他带回家，给他收拾出一间小房让他休息。

这天夜里，书生毫无睡意，只是在房里踱来踱去，嘴里不断地念叨着"八刀分米粉"。忽然，一只老鼠把墙上的一块土坯弄掉了，土坯砸在一口铁锅上，发出"当"的一声。书生一听，心里一动，立刻想到了钟声。他一边喊着"我对出来了！"一边跑出屋子，去拍老汉的房门。老汉听到拍门声，便问："谁呀？大半夜的敲门。"书生兴奋地喊道："老人家，我对出来了！"他对的是：

千里重金钟

繁体"钟"字写作"鐘"。"千里"合在一起是一个"重"字，加上一个"金"字旁，正好是一个"鐘"字。老汉一听，非常赞赏："对得好啊！你千里迢迢进京赶考，不就是为了中状元，敲响金钟吗？"

第二天一大早，书生向老汉辞行，说："此去如果能够金榜题名，一定专门来看望您老人家，感谢您对我的教育之恩。"老人见他赶路心切，也不好再行挽留，便取出一包碎银给他当盘缠，说："好书生，我希望你敲响金钟而不忘米粉。"

书生谢过老人，匆匆上路了。据说，这书生还真的中了状元，专程回来拜谢卖汤圆的老汉呢！

湘水横湍，浮来猪八戒
——楹联中的修辞

什么是修辞？修辞是指修饰文字词句，运用各种表现方式，使语言表达得准确、鲜明而生动有力。我们在这里重点介绍楹联中的修辞。

相传清代有一个教书先生，执教这家的东家非常刻薄吝啬，所以东家与先生之间的关系一直不是很好。眼瞅着又要过年了，得给先生结账了，东家想少给一点钱，反正当时也没写合同，更没签协议。东家就想出这样一个办法——对对子。他跟先生说："我本来可以给你这些钱，但你要是能对上我的对子，我就多给你一些，你看怎么样？"先生想：既然东家都已经说了，那蝎子教徒弟——就这么蛰（着）呗！东家的上句是：

树大根深，不宿无名小鸟。

先生一听，这不是在赶我走吗？别说你已经有了这个意思，即使你再挽留我，我还不干了呢！想到这里，先生马上对出下句：

滩干水浅，难藏有角蛟龙。

先生当天就离开了。

在这副对联中，两个人都运用了比喻的修辞方法。东家把自己的家比作大树，而把先生比作小鸟。先生呢，反过来说东家"滩干水浅"，把自己比作有角蛟龙。所谓比喻，就是打比方，不直接说被描写的对象甲，而用与它有相似性的乙来描写它，以使被描写的甲在形象、功能等各个方面更加具有可接受性。

再听一个故事：

相传，乾隆年间的进士王尔烈小时候就特别聪明。有一年，他在寺庙里当杂工。一次大雪后，他和小和尚把寺庙大门前面的一大块空地打扫干净，还用雪堆了一个观音像。方丈见了，就出了一句上联：

雪积观音，日出化身归南海。

小和尚们面面相觑，谁也对不上来。王尔烈不慌不忙，对道：

云成罗汉，风吹漫步到西天。

老方丈非常高兴。这副对联非常好，用词贴切，意境优美。本来雪化了之后就是水了，"观音"呢？方丈说得好，观音的真身回归南海了。这是运用了拟人的修辞方法。下联也是如此，说云是罗汉，就不是风吹云散的情景了，而是罗汉漫步到西天了，意境非常优美。

拟人修辞的主要特点，就是把不具有人的属性的事物人格化。

相传，清代长沙和善化的两位县令一个姓朱，一个姓孙。一天，长沙的朱县令宴请善化的孙县令，二人喝着喝着就开始互相开玩笑。朱县令想好了一句上联，说：

园门不紧，跳出孙悟空，活妖怪怎行善化？

朱县令这上联出得挺歹毒，分明是把孙县令比作妖怪，还说他不能"善化"。大家别忘了，那孙县令不就是善化县的县令吗？这里就是一语双关了，双关也是一种修辞格。

孙县令非常尴尬，但对不出下联，无法还击，只好闷闷不乐地回到了善化县。这口恶气没出来，他始终不甘心。

有一天，他终于想好了妙计，就请长沙县朱县令在江边赴宴。孙县令事先让人杀了一口猪丢入江中。朱县令来了之后，准时开席。正喝得高兴，那死猪恰好就从江中漂过来了。孙县令就对朱县令说："上次的对联我没对上，真是不好意思，不过今天我对出来了。"

孙县令这下联是怎么对的呢？

湘水横滟，浮来猪八戒，死畜生竟落长沙。

这真叫耿耿于怀，睚眦必报。孙县令终于一洗上次被比作"活妖怪"的耻辱，把长沙的朱县令比作"死畜生"了。

这副对联先是用了谐音的修辞方法，又运用了比拟的修辞方法。所谓比拟，就是以甲物比乙物。还有双关的修辞方法，即"活妖怪怎行善化"和"死畜生竟落长沙"两句当中的地名——"善化"和"长沙"。

在对联中运用比拟的修辞方法也属常见。明代正德年间，山东按察司提督学校副使叫赵鹤。他喜欢挑剔，凡是被他考核的生员大都被罢黜，引起了许多人的不满。官绅们也很讨厌他。终于，这个赵鹤被免职罢官了，又来了一个叫江潮的人。但令人失望的是，江潮比赵鹤还苛刻，大家又怨声载道。

有一天，江潮出巡到齐河县，看见墙壁上有一副对联：

赵鹤方剪羽翼
江潮又起风波

江潮读罢，唯恐招来更大的麻烦，就匆匆离开了。

这副对联在二人名字中的"鹤"和"潮"两个字上做文章，修辞手法为比拟。上联是把人比拟成动物，说把鹤的翅膀剪断了，意思就是下台了。下联是把人比拟成无生命之物，说江潮这样干下去，肯定又要掀起新的风波。用了这种修辞手法，就使表达效果更加生动，更容易被人理解和接受。

我们读李白的诗，非常欣赏那种豪放、飘逸的风格，而那种豪放往往是借助夸张的手法来完成的。比如"白发三千丈，缘愁似个长"就运用了夸张的手法。在楹联创作中也经常要用到夸张的手法。

清朝末年，州县官署内往往设有一些助理官吏，统称佐杂。由于官阶太小，每遇到上级官员，他们总是唯唯诺诺，极尽卑恭之能事，怕得罪当官的把饭碗打了。俗话说"光脚的不怕穿鞋的"，老百姓是光脚的，可这些人好歹不还穿着最薄最薄的鞋子吗？针对这些人过分夸张的恭谨甚至是谄媚，有人戏作一副对联：

大人大人大大人，大人功德高升，升到三千界天堂，为玉皇上帝高祖盖瓦；
卑职卑职卑卑职，卑职罪该万死，死在十八层地狱，替阎王老爷玄孙挖煤。

联语虽长，但对仗比较工整，运用了夸张的修辞手法，以便渲染气氛，烘托所要表达的对象的情态。

据说，苏轼曾题过一副对联：

天上楼台山上寺
云边钟鼓月边僧

这副对联非常大气。天上楼台，这就是典型的夸张，极言楼台之高；云边钟鼓，这同样是夸张，极言钟鼓之远。夸张使得被描写景物远离尘嚣，营造出空灵、宁静、超凡脱俗的神仙境界。说到空灵脱俗，我们就去一座布袋和尚庙看对联。这座庙的对联比较长，特殊之处在于是以调侃的口吻来写的：

这身边一具空囊，若果包得住往古来今，何不将他打开，也好教大家看看；
那手中半根小杵，业已撑不起上天下地，只当索性放倒，莫只顾一味哈哈。

据佛经记载，布袋和尚是弥勒的化身，释迦牟尼在世时，弥勒常去听法，后来成佛。

又据《高僧传》记载，五代后梁时期的僧人契此和尚因常背着一只布袋，被人称作"布袋和尚"。

从对联的联意上来看，作者对生活现状十分不满。在修辞方法上，"往古来今""上天下地"属于自对，即在同一句联中出现的对仗。"看看"与"哈哈"为叠词，即两个词连起来重叠使用。"哈哈"在修辞上是拟声，即模拟声音。

我们再欣赏一副对联：

辞汉万户
送秦一椎

这是于右任先生为"汉初三杰"之一的张良撰写的一副对联。在秦

宋代　梁楷　布袋和尚行脚图

始皇统一天下的过程中，韩国被秦国所灭。后来，为报国仇家恨，张良在秦始皇出巡时，带刺客用大铁椎袭击秦始皇的车驾，未能成功。后来张良辅佐汉高祖刘邦建立汉朝，刘邦封他做万户侯，他却辞谢不受，隐居山林。

  这副对联写出了张良平生的两件大事，运用的是借代的修辞手法。所谓借代，是指说话或写文章时，不直接说出所要表达的人或事物，而是借用与其密切相关的人或事物来代替的修辞方法。在本联中，用"一椎"指代张良行刺秦始皇的行为，用"万户"指代汉高祖对张良的封赏。

鱼有尾，牛有头，有头有尾
——来自民间的楹联

楹联，千百年来不仅帝王将相、文人墨客会作，平头百姓同样能够作出许多高水平、高品位的佳构。

在唐代，袁州有表兄弟俩，一个叫彭伉，一个叫湛贲。彭伉好学上进，湛贲却懒散贪玩。

这一年，彭伉中了举人，在家大摆宴席庆贺。湛贲来的时候酒宴已经开始了，彭伉就让人把他领入后堂用餐。这是对湛贲的一种侮辱，毕竟是表兄弟，在这种场合怎么也不该把表兄弟打入另册呀！

湛贲倒是不在乎，什么也没说就跟着进了后堂；湛贲的妻子却非常生气，严厉指责她的丈夫："没出息的东西，你被人这样羞辱，还不是因为你不争气！大丈夫不能奋发自立，还有什么脸面活在世上？"湛贲听了很受震动，从此奋发读书。两年后，他进京赶考，一举中第。

这天，彭伉正骑着驴在街上闲逛，忽然听到湛贲考中的消息，想起自己之前的狂妄行径，又愧又悔，竟一下子从驴身上摔了下来。

于是一个好事的人撰了一副对联：

湛郎及第
彭伉落驴

这副对联虽然很短，但对仗非常工整。

从上面的故事中我们不难发现，许多令人玩味的好联却是名不见经传的人写的，还有许多对联是几百年来民间口口相传的佳构。

楹联很早就已经深入民间，比如几百年来代代相传的春联就是广大百姓喜闻乐见的文学形式。

对联的核心就是一个"对"字。从古至今，对称是非常普遍的现象。春秋时期的政治家管仲曾经说："止怒莫若诗，去忧莫若乐。"这两句话有着鲜明的对称特点，其中的"止怒""去忧"以及"诗""乐"就是标准的对仗。

人们在生活中常用的语言也经常对仗。比如成语中的"不三不四""不人不鬼""顶天立地""张灯结彩"等，不仅词语对仗，而且平仄和谐，即使是不识字的老百姓也常用到。

再如"白纸黑字""千方百计"，词与词、词素与词素之间的对仗关系更加明显。"白纸黑字"这个成语中既有黑白的颜色对比，又有纸、字不同事物的对比。还有"三心二意""披星戴月""心猿意马"等成语，也都形成了不同形式的对仗。

成语如此，民间俗语也是如此。"天塌有大个，地陷有矬子。""兵熊熊一个，将熊熊一窝。""不吃苦中苦，难得甜上甜。""人为财死，鸟因食亡。"这些句子本身几乎就是一副对子。

民间的楹联具有鲜明的个性，就如民歌一样，有着与其他文学形式大不相同的特征。

我国诗歌的总源头《诗经》中的《国风》就是民歌大全，"饥者歌其食，劳者歌其事"。"关关雎鸠，在河之洲"，这是百姓在向往歌颂爱情；"坎坎伐檀兮，置之河之干兮"，这是百姓在歌唱自己的劳动生活。从古代开始，老百姓就十分善于用自己的语言来表述和歌唱自己的生活。因此，民间楹联的第一个特点就是在内容上具有浓厚的生活气息。

民间楹联的另一个特点是语言上的口语化。这也十分正常，就如同《诗经》中的语言一样，具有平实、口语化的特点。

民间楹联还有一个特点，即极具幽默性。鲁迅说过，幽默是智慧的反映。楹联本身是充分反映智慧的文学形式，在民间百姓的楹联中，突出地反映出智慧和幽默的特点。

讲一个非常幽默的故事吧！

有一个吝啬的秀才，一天早上与儿子在街上吃早餐，两人共吃一碗面。两人共吃一碗面怎么能吃饱呢？所以说他吝啬嘛！这秀才嘴里吃着，眼睛也不闲着，忽然看见一个年轻女子领着两个孩子路过，不禁笑道：

嘻！一羊引双羔。

素不相识，却这样刻薄，把人家母子比作羊。

那年轻女子无端被挑衅，心中恼怒，见秀才父子两人共吃一碗面，立刻回敬道：

呸！两猪共一槽。

你看，民间对联的语言浅白流畅，就跟说话一样，而且很是幽默。在场的众人见这秀才咎由自取，一个个暗笑不已。

再讲一个故事：

有个李小姐，出身于书香门第。一天，李小姐和几个伙伴出去游玩，路经一方池塘，远处有水牛，近处有湖鱼嬉戏。姑娘们非常高兴，尤其喜欢那可爱的鱼。

池塘边的老渔翁说："孩子们，你们这样喜欢鱼，那么我出一句上联，你们谁对得好，我就送两尾鱼给她。"

未等别人搭腔，李小姐就说："请老伯出句。"

老渔翁吟道：

鱼有尾，牛有头，有头有尾。

你看这上联出得多么生活化、口语化。伙伴们还在冥思苦想呢，李小姐就脱口对出下联：

蟹无肠，蛇无足，无足无肠。

下联对得十分工整。老渔翁十分高兴，立刻从湖里捞出两尾活蹦乱跳的鱼送给李小姐。

这一老一少的上下联都具有贴近生活、口语化的特点。

新城几时旧？
——妙手偶得成佳构

传说苏轼远行赴任时路过一座城，问："这是什么地方？"随行人员说："新城。"苏轼觉得这个名字很有意思，心中涌出一句上联：

新城几时旧？

刚建的城叫"新城"挺正常，可十年后、二十年后还叫"新城"吗？过了一会儿，又到了一个小城。苏轼又问："这是什么地方？"随行人员回答道："浮石。"苏轼听罢眼睛一亮，立刻吟出下联：

浮石何日沉？

这是一副难得的佳构，妙就妙在上下联先是自对，而后是上下联再对，堪称"妙手偶得"。"妙手偶得"这个成语大家都非常熟悉，形容文学素养深的人出于灵感偶然间得到佳作。如果仔细地分析这种现象，我们就会发现，不是谁都能够随时随地"妙手偶得"的，必须满足几个条件。

首先，必须是"妙手"，是具有一定知识和文化修养的人，是具备作诗对句能力的人。

其二，"妙手"还须慧眼偶得"妙物"。没有"妙物"，即特定的客观景物，就不会产生主观意向。可是尽管那景物诱人，如果当事人偏不入眼，视而不见，也是枉然。

其三，还必须在特定的环境中，面对特定的场面，急中生智。这就需要聪慧、敏捷。如果不满足这几个条件，"妙手偶得"就是一句空话。

有个故事：

洞房花烛之夜，新郎见油灯跳焰，一时联兴大发，就对新娘说："我有一句上联，娘子能对出下联吗？"新娘子说："请说。"新郎就出句：

白蛇过江，头顶一轮红日。

旧时的油灯是在容器里倒进灯油，加上灯芯。用火点着灯芯以后，的确像是"白蛇过江，头顶一轮红日"。新郎说完上联后，就等着新娘对出下联。新娘苦思良久，无以成对，后来竟含羞缢死。

后来，有一个书生进京赴考，投宿于荒庭冷院之中。那新娘虽然到了另一个世界，但依然对自己没有对出下联的事耿耿于怀。夜半，新娘的鬼魂向书生哭诉了自己的死因，问："公子能否相助，了我夙愿？"那书生心想："这有何难！"就答应了。新娘又说："小女子先行谢过，明天的这个时候我再来请教。"

与新娘约定的时间就快到了，可书生还没有想好下联呢！他这才有点着急了。新娘如约而至，一听书生还没有对出下句，勃然变色，立刻向他扑过来。书生惊恐万状，连连后退，被门槛绊得坐在了地上。惊骇之中，书生忽然抬头看见一杆乌黑的老秤高挂在墙上，秤杆上密密麻麻地排满了标记刻度的铜点，他忙道：

乌龙悬壁，身披万点金星。

新娘夙愿得偿，十分感谢书生，道了一个万福就不见了。

这句下联不光是让新娘满意，就是我们看也是非常工稳，无可挑剔。一杆老秤自然是乌黑的，因常年不用而挂在墙上，不正是"乌龙悬壁"吗？而那些密密麻麻表示刻度的铜点恰恰是"万点金星"啊！下联和上联极其吻合。这就是一个急中生智的例子。

作联要达到"妙手偶得"的境界，光是急中生智还不够，还应该即景生情。因为对联和作诗一样，都需要浓烈、充沛的情感。没有真挚的感情，就不会作出有声有色的好联。再讲一个新郎、新娘双成佳构的故事。

汤显祖是明代文学家。传说，新婚之夜，新娘久慕汤显祖的才华，就想与夫君对对子，试探才子的虚实。汤显祖欣然答应："难得娘子有如此雅兴，请娘子先出上句吧！"新娘看那烛光熠熠闪亮，而红烛上的描金龙身随着蜡烛的燃烧逐渐变小、变短，于是口出上联道：

红烛蟠龙，水里龙由火里化。

新娘子真是才女，上联出得非常好。传说中的龙往往是在水里的，可现在却在火中逐渐融化了。汤显祖听了，一边连声称妙，一边冥思苦想。在走来走去思索下联的时候，汤显祖忽然看到了新娘的绣花鞋。只见那红缎鞋面上绣着两只栩栩如生的凤凰，随着新娘款款移动，凤凰有如翩翩起舞。汤显祖立刻想出了对句：

花鞋绣凤，天边凤向地边飞。

下联和上联采取一样的手法，让本是天上飞的凤凰在地面上翩翩起舞。新娘听罢，娇声赞道："相公对得妙，果然是才子。"

再讲一个故事：从前有一座寺庙，住持的法名叫作智礼，他精通文墨，擅作联对。离寺庙一里路有一个观音堂，堂中有一个才华横溢的小尼姑碧云。

趣谈楹联

这天，智礼来到观音堂，说："听说碧云小师太善对，今天特来拜访，不知能否赐教？"碧云以礼相答："小尼才疏学浅，还望大师指教。"智礼见桌上放着一盘水菱角，就出了上句：

水菱双角，铁裹一团白玉。

这上联出得的确很好，既符合菱角的外形，又符合菱角的内在。碧云一眼望见了盘中的石榴，轻轻拿起一个，对出了下联：

石榴独蒂，锦包万点银珠。

这下联对得更是妙绝，十分形象。智礼见碧云才思如此敏捷，心中暗暗称奇。时值三月天气，春风醉人，桃花绽蕾，翠柳婀娜，莺歌燕舞。智礼口出上句道：

燕入桃花，犹如铁剪裁红锦。

这句上联非常有诗意，有形象，有色彩，画面感非常强。正在这时，几只黄莺倏地飞向另一棵柳树。碧云灵机一动，立刻对出下联：

莺穿柳枝，恰似金梭织翠丝。

这同样是即景而得的联句。

智礼看见放生池中荷叶田田，露珠盈盈，就又出了一句上联：

　　荷叶贴波，数点散成千点绿。

碧云看到映在池中的桃花倒影，立即对道：

　　桃花映水，一枝分作两枝红。

智礼听了十分佩服，甘拜下风。

门上将军，两脚未曾着地
——良构佳联出少年

传说，清代大学士纪晓岚参加童子试的时候，考官见他其貌不扬，就想为难他。纪晓岚对考官行过见面礼，准备就座的时候，考官指着门上贴的神荼、郁垒两个门神，口出上联道：

门上将军，两脚未曾着地。

上联出得还真挺有意思，本来贴在门上的神仙两脚就不可能落地呀！纪晓岚不假思索，立刻对道：

朝中宰相，一手可以托天。

下联不仅对得工稳，而且内涵比上联丰富。你想，那宰相是一人之下万人之上的高官，不正是"一手可以托天"吗？纪晓岚早在童子之时才思就如此敏捷，心志就如此博大，怎能不成为一代大家呢？

中国传统文化源远流长，像纪晓岚这样的少年才子代不乏人。在楹联史上出现了数不胜数的少年联家，明清两代更是人才辈出。这到底是什么原因呢？

少年联家集中产生在明清两朝，主要因为明清是楹联发展的高峰时期，皇帝朱元璋、康熙、乾隆等都是楹联高手。如果说明清楹联发展的大潮汹涌澎湃，那么引发这个潮流的人正是两朝皇帝。这一点我们前面也有所涉及。

以明代为例，开国皇帝朱元璋非常喜欢楹联，不但自己作，还要求他的大臣、属僚作楹联；不但让属僚们作，还让全国百姓都作。

有一次，朱元璋出行，见到一个十岁儿童在看守马驿。朱元璋问："你这么小就出来替父亲服役，很不简单。你能对对子吗？"——你看朱元璋对对子的瘾都大到什么程度了！朱元璋身边的太监也连忙说："快回皇上的话！"那小孩儿听了太监的话，又上下打量一下来人，说："行。"朱元璋便出句道：

十岁儿童当马驿

那小童眨了眨眼，对道：

万年天子坐龙庭

朱元璋大喜，将小童抱入怀中，笑道："好聪明的孩子！"

趣谈楹联

虽然这只是一个民间传说，但反映出帝王将相的重视在很大程度上引发了少年儿童对楹联的兴趣，提高了他们赏作楹联的水平。皇帝引发了楹联热潮，文人官宦也推波助澜。文人以此为炫耀自己学问的方式，以此为饮酒品茶时的乐趣。他们也有意识地熏陶、培养自己的子女。清代文人袁枚曾自撰书斋联：

　　文章草草皆千古
　　仕宦匆匆只十年

这副对联道出了他为官的艰辛，也道出了他的文化情结。

袁枚的侄子袁桐资质聪颖，和其他孩子一样非常贪玩。重阳节这天，袁枚去检查侄子读书的情况，给他出句道：

　　家有登高处

上联显然是为重阳节而出。古人有重阳节登高辟邪的习俗，文人也有登高咏诗的雅兴。唐代王维有一首《九月九日忆山东兄弟》，大家非常熟悉。诗中说道："独在异乡为异客，每逢佳节倍思亲。遥知兄弟登高处，遍插茱萸少一人。"说的就是重阳节登高的习俗。

袁桐一听，立刻领会了其中的含义。但孩子就是孩子，他感到学习太辛苦，自己玩的时间太少，于是脱口对出：

　　人无放学时

下联对得非常工整，尤其是"时"对"处"，时间对处所，十分精彩；同时也很调皮，表现了孩子的童真。袁枚听了哈哈大笑，便请袁桐的老师早点放侄子回家过节。

著名将领蔡锷小小年纪就显露出了不起的才华。

传说，有一年春天，蔡锷和小伙伴们外出放风筝。大家玩得正高兴，风筝断了线，掉进了知府家的花园中。小伙伴们都不敢去要，唯有蔡锷翻过花园的围墙，准备捡回风筝。

正巧知府在园中散步，见一个小孩跳了进来，以为是谁家的淘气鬼故意捣乱，便命令家人上前驱赶。蔡锷大声道："我的风筝掉到这儿了！"

知府向周围扫视了一番，发现小亭子旁边果然有个断了线的风筝，便说："如果你能对得上我出的对子，风筝自然还你。"蔡锷立刻自信地说："对就对，你快出句吧！"

知府皱起眉头，正在思索，忽然看见墙外又冒出几个小脑袋。他触景生情，马上吟出一句上联：

童子六七人，无如尔狡。

意思是：在这六七个孩子中，就数你的心眼多啦！蔡锷一听，你说我"狡"，今天就"狡"给你看看。他不慌不忙地对了下联：

太守二千石，唯有公……

蔡锷像

"二千石"是指朝廷给太守一级官员的俸禄。但蔡锷故意留下一字没说。知府问："'唯有公'什么？"

蔡锷调皮地眨了眨眼睛，说："我已经想好了两个字，现在由你来挑。如果你把风筝还给我，那就是'唯有公廉'。"

知府问："如果我不还呢？"

蔡锷说："那我就对'唯有公贪'呗！"

知府没料到蔡锷一个小孩子竟如此足智多谋。面对这一"廉"一"贪"的选择，他只有将风筝送还。

明代彭辂幼时就才思敏捷，远近闻名。

这一年，彭辂去应童子试。有一个经历出身的县官姓廖，很看不起小彭辂。廖县台出了一句上联：

八岁儿童，岂有登科之志？

彭辂一听，知道廖大人藐视自己，于是反唇相讥：

三年经历，料无报国之心。

意思是：你当了这么多年的经历才不过是个县令，料你也是个胸无大志、碌碌无为的家伙。

看到这副对联，我们感到我国古代这些先贤真是太了不起了。一个八岁儿童，思维竟如此敏捷，心志竟如此高远，真是令后人崇敬，甚至为自己的平庸而感到汗颜。

古代出现少年楹联高手还有一个原因，古代塾馆中先生要设"对课"，让学生对对子。这也使孩子们容易在对对子方面显露才华。

鲁迅少时曾受业于寿镜吾先生。一天傍晚，寿老先生以房屋脊兽出句道："独角兽。"其他学子有的说"九头鸟"，有的说"两头蛇"，唯有鲁迅对出了"比目鱼"。先生听后大喜，连说："好个'比目鱼'！"

为什么"比目鱼"是最佳答案呢？因为老先生出的"独角兽"中的"独"虽然不是数字，却隐含着"单一"的意思，这就要求对句也不能以实数相对。而鲁迅对句中的"比"字恰恰是非数字而含"双"的意思。如"比翼齐飞"中的"比"，虽然不是数字，却有"双"的意思。至于其他两个词就更不用说，对得也都十分工整。

相传，唐代有一对神童姐妹，聪明过人，能诗善对。

女皇武则天听说了她们的才名，就传旨召见她们，要面试女神童。姐妹俩来到金銮殿上，东张西望，觉得处处都新奇。

武则天亲切地携着二人的小手来到御河边，看见一名僧人正在河里摘荷花。武则天对姐姐说："朕以此为题出一联你对。"随即吟道：

河里荷花，和尚摘去何人戴？

上联连用"河、荷、和、何"四个谐音字，而且是设问句，难度不小。

趣谈楹联

姐姐举目四眺，忽闻琴声悦耳，歌声悠扬，于是对道：

情凝琴弦，清音弹给青娥听。

下联亦用"情、琴、清、青"四个谐音字，非常符合当时的情景。这里说明一下，某些地域"情"和"琴"是同音的。武则天听了很高兴。

她们经过一座照壁，上面塑着一幅兵战浮雕。武则天又出一联要小妹对下联：

冰冻兵车，兵砸冰，冰碎兵车动。

上联又是谐音对，而且重言。小妹妹眨眨眼睛，随即对上下联：

龙卧隆中，隆兴龙，龙腾隆中升。

下联对得也是十分工整，而且在意境上还比上联高出一筹。

武则天赞道："果然是神童！"她抱住小妹，说："你天资聪颖，机敏过人，如经名师指点，可成大器。朕想留

你在宫中深造，不知你是否乐意？"

小妹一惊，看了姐姐一眼，低头不语。姐姐也神色惊慌，久久不能回话。武则天说："不必迟疑，你可赋诗一首，与阿姐告别。"

小妹眼中含泪，吟道：

> 天空云骤起，鸿雁竞双飞。
> 所嗟人异雁，不得一行归。

说罢潸然泪下。

武则天见了，十分感慨，就命人备下厚礼，送小姐妹回家了。

上联"死"下联"生"?
——楹联的分类

明朝末年,浙江吴兴有一个叫吴磐的读书人。他博学多才,尤工书法。明朝灭亡以后,他拒不参加科举考试,闲居在家。当时担任吴兴兵备武官的方山非常敬重吴磐的才学和品德,两个人成了无话不说的知己。方山翻新住宅后,求吴磐写一副对联。吴磐也不推辞,挥笔立就:

山川无恙,叹前辈风流何处?但古道斜阳,冷烟衰碣,尽悲凉人物,止剩寒鸦;

台阁重新,问苍穹英雄谁是?有补天巨手,回日雕戈,待整顿乾坤,再来杯酒。

上联主要是写江山易主、物是人非的悲凉和感慨;下联则直抒胸臆,希望能有回天巨手,重新收拾旧山河,到那时再把酒同庆。

方山非常欣赏这副格调悲壮的对联，就把它镌刻在堂柱上。不料有一个与吴磐结怨的人偷偷把对联抄下来，告到了官府，说吴磐蓄意谋反，反清复明。方山得到消息之后，连夜将对联销毁，又花了几千两银子买通官府，才把这场风波平息下去。

如果按楹联分类的基本标准划分，这副对联属咏史联。所谓咏史联，顾名思义，就是作者在联语中对历史人物或事件进行吟咏，借以抒发自己的情怀。

除了咏史联外，还有哪些类别的楹联呢？

楹联的分类是一个很复杂的问题。因为楹联包括的内容太多，涉及的面太广，而且角度不同，分类的标准很难界定。许多种类的楹联经常是处于交叉状态。

楹联首先是语言艺术，如果以楹联的语言风格分类，从形式上可以分为文言联和白话联。

所谓文言联即用文言撰写的联语。

有一次，沈周与陈启东一起到吴宽家赴宴。吴宽是明代诗人。陈启东是明代楹联名家，喜欢喝酒。沈周是明代诗、书、画俱佳的名士。席间，陈启东频频向沈周劝酒，沈周不胜酒力，意欲辞席。陈启东就说："要走可以，我出一句上联，你必须对出下联。你如果对不出来，就得陪我喝酒。"当时在座的有刚刚得中解元的贺恩，字其荣；还有进士陈策，字嘉谟。接着，陈启东就口出上联：

趣谈楹联

恩作解元，礼合贺其荣也。

出完上联，陈启东立刻显出很得意的样子，因为他的这个出句特别好，也非常刁钻。上联的意思是：承蒙皇恩，贺恩中了解元，按理应该祝贺其得此殊荣啊！

联中的"恩"，一字双关，既是贺恩的名字，又是"承恩"的意思。"合"字在这里是"应该"的意思，"贺"在这里既是祝贺，也是姓氏。而"其"是指示代词，指代贺恩。其、荣合起来，恰好是解元公贺恩的表字。

大家知道，唐伯虎是号称诗、书、画"三绝"的江南大才子，而沈周曾经是唐伯虎的老师，你说这对对子能难倒他吗？沈周听完上联，立刻脱口对出下联：

策为进士，职当陈嘉谟焉。

下联中的"策"字，既是陈策的名字，又表示帝王对臣下册封的意思。"职"就是职责，与上联的"礼"相对。"陈"在这里是"陈述"的意思，"谟"是"计谋、韬略"的意思。整个下联的意思就是：被皇上册封为进士，按职责应该陈述胸中的才略啊！

明代　沈周　溪山秋色图

上下联的水平都相当高，联中既写到了两个人的身份——解元和进士，又将两个人的姓名和表字——贺恩字其荣、陈策字嘉谟——同时嵌于联中，而且上下联中无论实词还是虚词对仗都非常工稳。

就语言风格来说，除了用文言撰写的楹联之外，其余的都是白话楹联。

如果按楹联字数的多寡分类，则可分为长联、短联。

先说长联。长联字数多，内涵丰广，所叙之事纷繁，所怀之感悠长，读来或庄凝，或温婉，或顺畅，或沉滞，有如欣赏一篇优美的散文。比较长的联如：

秋色满东南，自赤壁以来，与客泛舟无此乐；
大江流日夜，问青莲而后，举杯邀月更何人？

这是安徽省安庆市大观亭的一副长联，有很明显的叙事和抒情的意味。上联说的是宋朝苏轼与客人泛舟游于赤壁之下，于是写成《赤壁赋》的故事，称赞苏轼在变化莫测的政治风云中，能够顺其自然，旷达乐观。下联呢？借唐代李白"举杯邀明月，对影成三人"的名句，怀着一种感喟，试问自李白以后，还有谁再去"举杯邀明月"呢？从而深深表达了撰联人缅怀古代先贤之幽情。语义畅达，一气呵成。

在楹联史中说到长联，公推昆明大观楼的联语。这副长联是清代学者孙髯所撰，被称为"天下第一长联"。孙髯字髯翁，因其长髯而名。他自幼聪颖博学，诗词古文俱工，但就是不肯应试，据说是因为他非常痛恨在进入考场之前的搜身。由于官场上没名，他的名字鲜为人知，大部分人是先知"大观楼长联"而后知孙髯，甚至知道了这副长联仍然不知孙髯的名字。

大观楼长联计一百八十字，作于乾隆年间。髯翁以开阔的视野"笼天地于形内，挫万物于笔端"，以汹涌的文思怀古伤今。但在楹联史上髯翁之联并非最长，最长的楹联是清人钟耘舫在狱中"拟题四川江津临江城楼"的长联，计一千六百一十二字。

楹联中少于五言的就属于短联，最短的联一二字便成佳构。比如：

色难
容易

这副对联是明代解缙与明成祖朱棣的对句，是一副非常经典的短联。有一天，朱棣对解缙说："解爱卿，朕有一殊句甚难对。"解缙问："什么句子这么难对？"朱棣说："色难。"解缙立刻回答道："容易。"朱棣当时没有明白解缙的意思，说："既然你说容易，为什么还不快快对来？"解缙说："臣已经对上了。"朱棣又仔细一想，恍然大悟。原来这是一副无情对。

所谓"无情对"，就是依靠巧妙构思，使上下联字面对仗工稳，但在内容上没有任何联系。比如：

公门桃李争荣日

法国荷兰比利时

你看，虽然上下联的意思没有任何关联，但词与词甚至字与字的对仗都十分工整。那么上面那副无情对呢？是"色"对"容"，"难"对"易"，同样非常工整。此联精短工稳，可谓对联中的精品。

还有更短的对联，每句只有一个字。上联是"死"，下联是一个倒置的"生"。"九一八"事变后，东北大学的学子扼腕愤慨，集众示威于街衢，却惨遭日本侵略军的残暴屠杀。故此，学生们集会声讨并书此联，意思是宁可站着死，也绝不倒着生。这便是楹联中最短的"一字联"，言少而意丰。

如果按表现手法分类，又可分为叙事联、状景联、喻理联、谐趣联等。先讲一个故事：有一个县官想借自己庆寿之机大敛民财，他让人印发了千余份请柬，上至官府，下至民间，到处分发。百姓皆惧其权势，敢怒而不敢言，只好倾尽财物免灾。

有一个贫穷的教书先生，接到请柬后凛然前往。到了寿堂一看，堂中摆满了寿礼。贵则金银珠宝，贱则猪蹄鸡翅。县长看教师两手空空，还以为是怀揣银票呢！谁知那教师从怀里掏出了一方红色纸笺，上书一副对联：

大老爷做生，金也要，银也要，黑白一把抓，不分南北；

小弟子该死，谷不熟，麦不熟，青黄两不接，哪有东西？

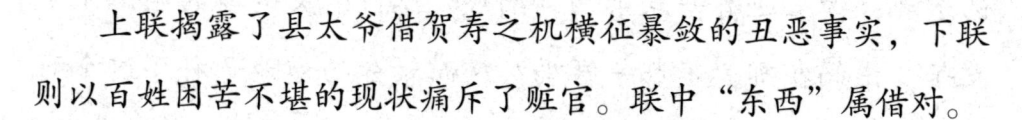

上联揭露了县太爷借贺寿之机横征暴敛的丑恶事实，下联则以百姓困苦不堪的现状痛斥了赃官。联中"东西"属借对。

还有一种楹联，以描写景物为主。

许多朋友都去过上海豫园，那豫园虽为人造，也颇多景致。其中的万花楼有一副对联：

莺莺燕燕，翠翠红红，处处融融洽洽；
风风雨雨，花花草草，年年暮暮朝朝。

联中全用叠字，描绘形形色色，铺染阴阴晴晴，点明时时处处；极言在"万花筒"般的豫园中，无论时空，无论花鸟物类，皆构成妙境。

再有一种是喻理联，顾名思义，就是在楹联中说明某种道理。

从前有一个商人长期在外地经商，他的父母先后去世。他在回乡为父母合坟的时候，误将父亲葬在西边，将母亲葬在东边。在旧时，这是不符合规矩的。等人们发现的时候，土已经填满了。这该如何是好？就在商人惶恐不安的时候，有一个长者出主意说："你向高人征求一副对子，向令尊、令堂解释解释。"于是，商人请到一个饱学先生，撰了这样一副对联：

生前既不离左右
死后何必分东西

这副对联的文字虽然很平白朴实，但说出了一个非常实在的道理，读来还有一点亲切、幽默之感：老夫老妻的生活了一辈子，谁躺在哪边不都一样吗？从而十分巧妙地弥补了这个商人的失误。

有的谐趣联不带有更深的意义，只是一种文字游戏。讲一个故事来说明：

传说，清代才子李调元在广东任学政时，有一天出行，见路中间有一座用三块石头堆的小桥，原来是一个小孩在路上搭桥玩。还未等李调元发话，小桥就被前面开道的差役踢开了。

小孩一看自己的"桥"被踢翻了，就大呼"赔桥"。

李调元从轿子里面探出头来，小童说："原来是位大人。"差役忙说："这是学台李大人。"

小孩说："既然是学台大人，那么不赔桥也行，咱们对对子。学生有一上联'踢破磊桥三块石'，请学台大人对下联。"李调元一时还真没对上，只好怀着歉意说:"明日在此相告。"

回到家后,李调元把这件事告诉了夫人。夫人平时也喜欢对对子,就替他对出了下联:"剪开出字两重山。"

第二天,李调元来到约定的地方,小孩已经在那里等候了。李调元便说出"剪开出字两重山"的下联。小孩听了哈哈一笑,说:"这下联是尊夫人替您对的吧!"李调元惊奇地问:"你是怎么知道的?"——这句话就等于不打自招,承认了小孩的说法。小孩答道:"单凭这个'剪'字就知道是女子的语气啦!"

李调元听了,觉得甚是有理,便又问:"依你之见,应对什么字才妥当?"小孩正色道:"剪刀针线那是闺阁女流常用之物,男儿舞刀弄剑,下联当对'斩断出字两重山'。"李调元听了,连连称妙。

这副联是拆字对,就是把"磊"字拆为三个"石",把"出"字拆为两个"山"。这就是谐趣联。

以上所举的若干种对联,意在表明楹联的种类很多。对楹联的分类向来莫衷一是,如果遵循实用、简便的原则,大致可从内容及形式上分类。

楹联中的语言、字数、表现手法等,均属形式。从内容上,一类为春节专用,谓之春联;另一类则是实用联。实用联又包括庭宇联、寺庙联、名胜联、门联、婚联、寿联、贺联、赠答联、挽联、行业联、咏史联、谐趣联……

一家"四代五尚书"？
——看看庭宇联

从前，有一个姓项的人家，大门外挂了这样一副对联：

一门三学士
四代五尚书

不知情的人见了这副对联顿生敬意：这家可不得了，竟出了三个大学士，有五个人当过尚书呀！偏偏有一个特较真的人经过这里，他知道近代显要人物中没有姓项的，就叩门而入，问个究竟。主人笑着说："你误会了，我的门联上所说的'学士'并不是官名，'尚书'也不是朝廷中的尚书。我家父子三人都是县学的生员，那也是官学的学生，可以称为'学士'嘛！而且我的祖父和父亲都是贡生，我们全家四代五个人都在学《论语》《尚书》，难道不是'一门五尚书'吗？"原来这副对联中的

"尚"字是"崇尚"的意思,是说四代人中有五个人崇尚读书。来者听罢,哈哈大笑,说:"原来如此!"

这就是一副门联,门联是庭宇联的一种。庭宇联还包括宫廷、殿堂、馆舍、官署等一些处所悬挂的楹联。

如作家二月河所言,衙门与宫殿的楹联,大抵有三种:一种是宣扬天与神授、万邦归一的皇帝中心理念;一种是宣扬官本位的造福生民、兴利除弊的循吏思想;一种是宣扬忠君爱国、殉身不恤的情操。在联面上,有的是以物喻事,有的是以古说今,有的是借人书己,有的是借景抒怀……亦情亦理,尽在其中。当然,由于撰联人的学识、修养、身份的不同,联语的风格、形式也不同。

先介绍宫廷联。这种楹联大多庄严、华丽、气势恢宏;常包含怀庙堂之高、祈社稷昌盛,悯江湖之远、佑苍黎安平这样的内容。如北京故宫的太极殿有这样一副对联:

以仁义为巢,凤仪阿阁;
与天人合机,象拱宸居。

这副对联是康熙皇帝撰写的。联语宽放高古,大有帝王之风。凤凰在中华传统文化中是吉祥的象征,大象也是吉祥之物。康熙帝以仁主朝政,以义平天下,营造出辉煌的康熙盛世。这副对联用词典雅,联意彰显。

再看乾隆为故宫太和殿撰写的一副对联:

帝命式于九围，兹惟艰哉，奈何弗敬；
天心佑夫一德，永言保之，遹求厥宁。

在这副对联中，"九围"即九州。"遹"是句首的虚词，没有意义。上联的意思是：天帝任命君主治理天下，这的确是很艰难的事，怎能不心怀诚敬呢？下联的意思是：天心眷顾纯一的美德，保佑君主永远安行此道，才能够长享太平。

故宫太和殿对联

乾隆的这副宫殿楹联也是一副集句联，集句于《诗经》《尚书》等经典。什么叫集句联呢？就是选择成诗或成句使之成为联对。

馆舍、官署联也是庭宇联的一种，但因馆舍类别及其功能的不同，联语亦各异。有风花雪月的咏叹，也有沧桑变幻的感怀；有人生至理的领悟，也有怀古伤今的情怀。

天地本无私，长留杰阁崇楼，供人俯仰；
心花须怒放，好趁夜游日涉，畅我胸襟。

这副对联在湖南长沙天心阁，作者不详，但从联语中可以看出撰联者感叹外物的情怀。天地无私，造设名山大川；而前

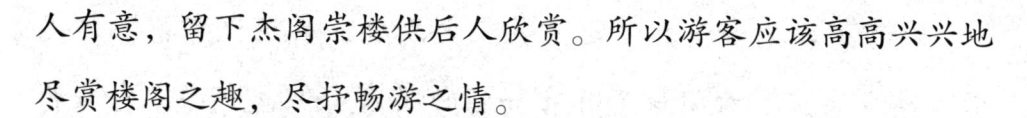

人有意，留下杰阁崇楼供后人欣赏。所以游客应该高高兴兴地尽赏楼阁之趣，尽抒畅游之情。

又如无锡县署大堂联：

> 视民如珍锡邑，苍生皆我子；
> 修己以敬东林，前辈是吾师。

这副官署衙门的对联且不论作得如何，单从联语上看，强调了当官要为民做主，修身要敬东林师的主观意愿。东林即明代东林书院，原址即在江苏无锡，后经顾宪成、高攀龙等重新修复，在书院讲学。东林学子克己修身，反对阉党，指斥腐政，在明代影响很大。

前面提到的《楹联丛话》的作者梁章钜是清代学者，他在担任湖北荆州知府时，在自己官署大厅题撰一副对联：

> 政惟求于民便
> 事皆可与人言

这副对联无论思想内容还是遣词造句都堪称经典。作联的水平高低不仅看撰联人的学识、文字等方面的修养和技巧，更重要的是看楹联作者的思想水平、道德风范。

上联首先道出了为政的实质，即为百姓办事，与民方便；下联则指出为政的方法，即秉公执政，且政务公开。"事皆可与人言"嘛！这就是说，为老百姓办事一定要增加透明度。即使现在，这副楹联对我们仍然有警勉作用。

在官署联中，虽然不乏"蒙上之恩宠，牧下之宏愿"之类感激皇恩浩荡、希望自己升官如意的联语，但也有许多自省的警示之语。比如河南内乡县衙大堂联：

欺人如欺天，毋自欺也；
负民即负国，何忍负之！

"人"当然就是百姓，"欺"自然包括欺骗和欺侮。上联说欺百姓就是欺天，下联又说对不起百姓就是对不起国家，身为朝廷命官，怎么忍心去做上负国家、下欺百姓的事呢？一个封建社会的官员，对为政能有如此认识，自然就是老百姓心中的清官。

扪心自惭兴利少
极目只觉旷官多

这副对联据载是清代泮先珍所撰。上联说：扪心自问，惭愧自己为任一方，却为这方土地兴利太少。下联说：放眼看去，一些在其位不谋其政，或不作为，甚至是乱作为的人却随处可见。无论古今，能够如此反省自己，以造福百姓为己任的官员都是很难得的。我们再赏一副对联：

听讼吾犹人，纵到此平反，已苦下情迟上达；
举头天不远，愿大家猛醒，莫将私意入公门。

这副对联让人非常感动：民情即吾情，民事即官事。古代先贤能在官署题撰这样的对联，为下情上达之迟而苦，以"莫将私意入公门"为戒，其为官之清正，悯人之慈怀，现在的官员应该景仰慕效。这么好的对联是谁撰写的呢？它的作者就是清代著名学者俞樾。俞樾字荫甫，这位人品学品俱佳的大学者是著名红学家俞平伯的曾祖父。俞樾当时的名望非常大，许多名流都是他的弟子，比如章太炎、吴昌硕等。

有的馆舍联或官署联写得"政府"味道十足，竟然在联面上标出府第的等级来，因而留下笑柄。

1851年，洪秀全在金田村发动太平天国起义。后来他定都金陵，自立朝廷，并设有天王府及东、西、南、北等诸多王府。凡是宫门、王府的门联中大都有"一统江山"或是"满朝文武"之类的词语。这不就是在标明府第的等级吗？一看门联，就知道这是国家级的"办公"场所呀！清政府的一个官员知道了这一类门联后很是不屑，就根据这两个词语撰了一副对联：

　　一统江山四十五里之半
　　满朝文武三百六行俱全

这是一副工整的对联，而且极具讽刺色彩。

上联中"四十五里之半"是指金陵城南北的长度，意思是：好一个"一统江山"，不就是占据了四十五里半吗？下联是说：所谓"满朝文武"，包括了打铁的、烧炭的、挖煤的、剃头的等等，三百六十行俱全呀！

虽然这只是一个故事，但它提醒我们，撰联一定要态度严谨，实事求是，千万不可过于夸大、饰美，以免贻笑大方。

　　长遗恨终前未能上慰先主下济苍生
　　最可敬身后不使内藏余帛外有赢财

这是南阳武侯祠的一副对联，令人由衷感佩。

刘备三顾茅庐，诸葛亮十分感激。之后他跟随刘备征战南北，屡建奇功。刘备死后，诸葛亮对蜀国国事事无巨细，每必躬亲。他五次亲率大军北伐曹魏。他严格要求子侄辈，不因自己位高权重而谋求特殊待遇。他派侄儿诸葛乔与诸将子弟一起，率兵转运军粮于深山险谷之中。为此，他专门给兄长诸葛瑾写信，说诸葛乔本来应该回到成都，但现在诸将的子弟都在转运粮草，所以诸葛乔应该和他们一起，"宜同荣辱"。

长期的废寝忘食使诸葛亮心力交瘁，积劳成疾，年仅五十四岁便与世长辞，以他的实际行动兑现了"鞠躬尽瘁，死而后已"的诺言。诸葛亮生前，曾在给后主刘禅的一份奏章中对自己的财产、收入进行了申报："成都有桑八百株，薄田十五顷，子弟衣食，自有余饶。至于臣在外任，无别调度，随身衣食，悉仰于官……若臣死之日，不使内有余帛，外有赢财，以负陛下也。"诸葛亮去世后，其家中情形确如奏章所言。

　　粉黛江山留得半湖烟雨
　　王侯事业都如一局棋枰

趣谈楹联

这是挂在南京莫愁湖胜棋楼外的一副园林楼阁联，讲述了君臣间的一个故事。

传说当年朱元璋与他的开国元勋徐达常在莫愁湖畔下棋。徐达不但具有卓越的军事才能，而且棋艺高超。

南京莫愁湖胜棋楼

但是他与朱元璋对弈时有意相让，每局必败。朱元璋知道徐达没有亮出真本领，于是许诺，如果徐达能胜了他，便将莫愁湖送给徐达。

君臣二人从早晨开始布棋，直到红日西沉也未分出胜负。到了掌灯时分，朱元璋大笑，以为自己赢了。徐达说："还请皇上细看，方知胜负。"朱元璋听出话中有话，便举灯照棋，发现徐达的百余颗闪亮的棋子分明排出"萬歲（万岁）"二字，不禁惊叹不已。后来，人们在朱元璋和徐达君臣对弈的地方建了这座胜棋楼。

上联意为：当年的莫愁女和明王朝的江山如今已不存在了，只留有半湖烟雨，让人缅怀逝去的历史。下联则是作者更深意义的感叹：那些帝王将相攻战杀伐，争名夺利，最终都像一局棋，是非成败转眼化为过眼云烟。

这正是：古今多少事，都付笑谈中。

三味书屋的由来
——趣话书斋联

这篇介绍一下书斋联,其中包括书院联。

清代著名书法家邓石如,饱读诗书,文化修养颇深。他在自己的书斋中挂了这样一副长联:

沧海日、赤城霞、峨眉雪、巫峡云、洞庭月、彭蠡烟、潇湘雨、广陵涛、庐山瀑布,合宇宙奇观,绘吾斋壁;

少陵诗、摩诘画、左传文、马迁史、薛涛笺、右军帖、南华经、相如赋、屈子离骚,收古今绝艺,置我山窗。

这副对联写得非常好,上联写天下

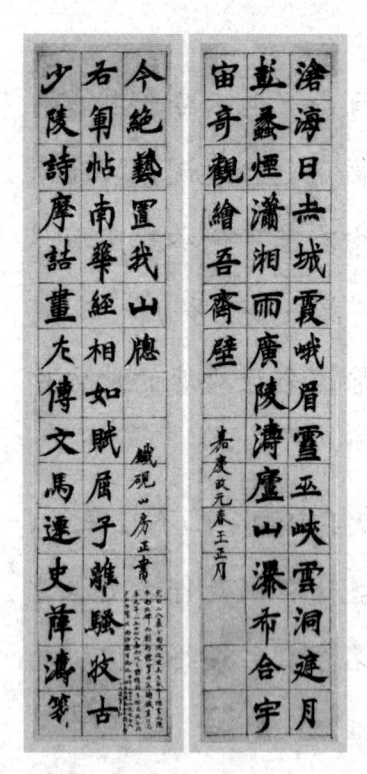

清代 邓石如 长联

大观奇景，下联写古今绝世文才。在上下联语之中，每节也各自对仗，称为"自对"。比如上联中"沧海日"对"赤城霞"，"峨眉雪"对"巫峡云"，"洞庭月"对"彭蠡烟"，"潇湘雨"对"广陵涛"，不仅工稳，而且都是历代文人墨客笔下的典型景物。

下联中，又将杜甫的诗对王维的画，十分恰切。因为杜甫是"诗圣"，王维是"诗佛"。王维的画被誉为"画中有诗"，诗被称为"诗中有画"。接着，将编年体史书《左传》和西汉史学家司马迁所著的纪传体史书《史记》相对，又以"薛涛笺"和"右军帖"相对。薛涛是唐代女诗人，曾自创深红小笺写诗，人称"薛涛笺"，广受时人之爱。而"右军帖"自然是指书圣王羲之的书帖，与"薛涛笺"对得极工，且饶有趣味。"南华经"即《庄子》，与"相如赋"也对得非常工稳。上下联的最后，以"合宇宙奇观，绘吾斋壁"对"收古今绝艺，置我山窗"作结。这副对联既符合邓石如的身份，又非常雅致而富有情趣。

书院、书房、轩斋的联语，多以主人之志趣为内容撰句，每每表述主人的清雅、淡泊、为学、勉志之意，也不乏敬先贤而耻俗风之语。书斋联的常用词语很多，如清风、明月、红梅、翠竹、苍松、古柏、四书、五经……无不入联。古往今来题撰于书斋、书院的联句，凝情玩味，真令人如坐春风。

南宋大诗人陆游自幼好学不倦，自称"我生学语即耽书，万卷纵横眼欲枯"。由于书太多，而且他每天都要阅读不同的书籍，为了方便即需即取，没有办法把书摆放得很规整，因此那书就像构筑鸟巢的树枝一样，非常凌乱。陆游因此给书房取名叫"书巢"。

陆游一生有太多的坎坷，但他始终读书不辍。晚年他又一次被罢黜，于是就在山阴镜湖之滨建造了一所书房，取名为"老学庵"。他还为书房题写了一副对联：

万卷古今消永日
一窗昏晓送流年

上联说的是陆游的读书生活，其中"万卷古今"极言读书之多，又言读书之广；"消永日"是说日复一日地与书为伴已经成为他生活中不可割舍的重要内容。下联中的"一窗昏晓"揭示出老诗人读书之勤苦，而"送流年"不仅指岁月如流水，而且透露出以此为快的愉悦心情。此联不仅对仗工稳，而且意义上相互呼应关联，脍炙人口。

我们再听一段故事：

1924年，孙中山在广州开办了黄埔军校，并为这军事人才的摇篮题写了一副门联：

升官发财请走别路
贪生怕死莫入此门

孙中山先生这副对联写得非常好，有着突出的军校特点——军校的学生将来自然要上战场，因此下联说"贪生怕死莫入此门"；上联又道出了办校原则——这里不是升官发财的地方。

但是，自从"四一二"反革命政变后，许多投机者做起了进入军校当官发财的美梦。一些人认为，只要进了黄埔军校，出来就能混个一官半职，黄埔军校的资历就是升官发财的资本。人们见到这种状况非常气愤，有人就把原来的对联改成：

　　升官发财莫走别路
　　贪生怕死请入此门

一个字也没改，只是把上下联中的"请""莫"调换一下位置，两副对联的内容就截然相反了。

一个人的书斋联、一个书院悬挂的门联，其作用在于激励、警勉书斋的主人、书院的学子。千万不能将门联作为可有可无的摆设，更不能挂羊头卖狗肉，令人不齿。

　　好官况味清如此
　　君子交情淡不妨

这是沈阳故宫御书房张挂的对联，从中可以看出对联作者的清雅品性。对联的意思是：为官就应该清明，君子之交则应淡如水。我读过这副对联后，心中顿生感慨——古代的帝王尚知为官、为人者应清廉自守，这对我们今天为官、交友不也能起到鞭策作用吗？再看一副对联：

　　为道为法为则，守先待后；

不淫不移不屈，知命达天。

这是江苏无锡东林书院张挂的楹联。北宋时期，大理学家"二程"（程颢、程颐）的学生、知名学者杨时曾在那里讲学。因为杨时号龟山，所以东林书院又叫龟山书院。"东林书院"的名称，据说是与杨时游庐山的时候写过《东林道上闲步》的诗有关。东林书院后来荒废了。

明朝万历年间，被罢黜的顾宪成、高攀龙等人又继承杨时的遗风，在那里聚众讲学，这是东林书院在历史上最兴盛的时期。东林党人由于以兴国利民为己任，抨击时政而遭到阉党的迫害，东林书院也被下令拆除。直到崇祯继位，惩治阉党，东林书院才得以恢复。

从这副楹联中可以深切地感到我国传统文化的伟大与珍贵。上联的内容秉承了老子的思想。老子曾说："人法地，地法天，天法道，道法自然。"作为后学者就应该继承先贤的精神并发扬光大。

下联化用了被称作"亚圣"的孟子所讲过的一段话。据《孟子》记载，孟子与景春曾有一段对话。景春说："公孙衍、张仪难道不是真正的大丈夫吗？他们一发怒，诸侯就害怕；他们安居家中，天下就太平无事。"孟子说："这怎能算是大丈夫呢？……富贵不能淫，贫贱不能移，威武不能屈，这才是真正的大丈夫。"

从古至今，孟子的这句话不知激励和鞭策了多少人，他们为了国家民族的利益，宁可含辛茹苦，宁可坚守清贫，宁可舍生忘死。他们真正是"富贵不能淫，贫贱不能移，威武不能屈"的大丈夫。因此，这副对联反映了我国传统文化的精华，真正体现了我们这个古老民族的传统美德。

书斋联是读书人用来警策、陶冶自己的楹联，往往以主人之喜好撰句。

　　雪窗忙拓时晴帖
　　山馆闲临欲雨图

这是清代冯灿彰所书的一副书斋联。上联提到的"时晴帖"原本是王羲之写给山阴张侯的一封短信，后称为《快雪时晴帖》，用在这里，表现出作者在书斋临书作画时那种泰然、豁朗的心情。全联用词从容，意境开阔而优美，作者十分善于捕捉典型景物。

大家都知道，鲁迅少年时代曾在三味书屋读书。一个读书的地方为什么要以"三味"名之呢？原来，有这样一句话："读经味

晋代　王羲之　快雪时晴帖

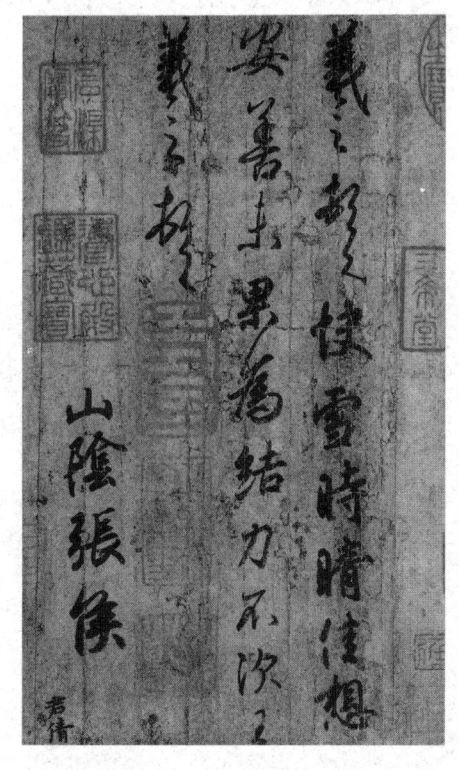

如稻粱，读史味如肴馔，读诸子百家味如醯醢。"这句话是什么意思呢？

古代把图书分成四大类，即经、史、子、集。这句话的意思就是说：读四书五经之类的儒家经典就像吃粮食一样，读史书就像品尝丰盛的饭菜一样，而再品读诸子百家的著作，有如佳肴必须配上好的佐料一样。因此，三味书屋的对联是：

三味书屋

至乐无声唯孝悌
太羹有味是诗书

今天参读这副书斋联，我们对先人顿生钦敬之情。几千年文明发展的历史告诉我们：孝悌为人生之道，而诗书乃贤者之途；无孝悌则不知仁爱，无诗书则不识贤达啊！

生死一知己，存亡两妇人
——妙品风景名胜联

名胜联是在名胜古迹张挂或镌刻的对联。其内容广泛，包罗万象，有的大气，有的精巧，有的妙含哲理，读来赏心悦目。有些名胜联主要是褒赞某一位历史名人。

教泽垂千古
泰山终不颓

这是赞扬孔子的。褒赞历史名人的名胜联，全国各地几乎都有。尤其是一些历史名城，其中许多的名人、名联更是让人一饱眼福。

志见出师表
好为梁父吟

这副对联是郭沫若为湖北襄樊武侯祠撰写的。据《三国志》

记载，诸葛亮在出山前，"躬耕陇亩，好为《梁父吟》"。这副对联只用了十个字，就将诸葛亮出山前之情怀及上书《出师表》、欲率军北上击魏的壮志豪情概括得简练又到位，怀古思人之情宛若行云。

由于诸葛亮在《出师表》中有"臣本布衣，躬耕于南阳"的句子，河南南阳人便认为诸葛亮属于南阳，还建造了武侯祠。而《三国志》中诸葛亮与刘备对话的古隆中又在湖北的襄阳，于是湖北襄阳人又认为诸葛亮属于襄阳，也建造了一座武侯祠。

长期以来，河南的南阳与湖北的襄阳为争夺诸葛亮的故居各执一词，互不相让；专家学者对此也是各有考证，莫衷一是。

道光年间，出任南阳府知府的顾嘉蘅恰恰是湖北宜昌人。他到任之后，既不想得罪南阳百姓，又不愿违背襄阳父老，于是在南阳的武侯祠撰了这样一副对联：

心在朝廷，原无论先主后主；
名高天下，何必辨襄阳南阳。

联中的"先主"即刘备，"后主"即刘禅，诸葛亮先后兢兢业业地辅佐他们。这副对联撰得实在是太高明了，既赞扬了诸葛亮，又淡化了两地的争执。

我们再看一副对联：

不从赤松子
安报黄石公

趣谈楹联

这副对联是流水对，上联表示条件，下联表示结果。这副联是什么意思呢？咱们听一个故事就明白了。

大家都非常熟悉"汉初三杰"中的张良。前面提到过，张良为报国仇家恨，曾带刺客用大铁椎袭击秦始皇的车驾，但没有成功，只好隐姓埋名逃匿到下邳。

这一天，张良在圯桥桥头遇见一个白发老人。老人精神矍铄，仙风道骨。他走到张良的身边时，故意把鞋脱落桥下，毫不客气地说："小子，下去把鞋给我捡回来！"张良强忍着心中的不满，把鞋取了上来。随后，老人又命张良给他穿上。张良跪在老人面前，小心翼翼地帮他把鞋穿好。老人赞叹道："孺子可教。五天后你再来！"

后来，老人送给了张良一本书，说："你读了这本书就能够做王者的军师。将来必然会天下大乱，你可以凭着这本书兴邦立国。再过十三年，你到济北谷城山下见我，那里有一块黄石便是我。"说罢飘然而去。

这位老人就是下联中的黄石公，亦称"圯上老人"。他送给张良的那本书就是《太

圯桥进履

公兵法》，张良依靠这部兵书，辅佐刘邦得到了天下。

《史记》记载，在刘邦封张良为留侯的时候，张良对刘邦说："愿弃人间事，欲从赤松子游。"这就是上联提到的内容。赤松子是传说中的仙人。到这里，我们就明白整副对联的意思了：张良如果不去跟随赤松子仙游，而继续跟着刘邦从政的话，怎么能去报答圯上老人呢？

传说十三年后，张良跟随刘邦过济北，果然在谷城山下得到一块黄石。张良死后，就与黄石合葬了。

这副对联由于右任撰写，是一副典型的名胜联，存于陕西留坝县庙台子镇的张良庙。相传这里就是张良晚年隐居的地方。

有的名胜联是直接写景状物的。比如辽宁丹东大孤山上的名胜联：

曲水带云归海去
乱花随雨落岩来

这副对联对仗严谨，平仄和谐。"曲水带云"本来是很平常的现象，但与"乱花随雨"相对，就显得格外自然生动。上下联仅十四个字，竟将水、云、海、花、雨、岩等六种景观融于鲜活的画境，而且用"曲水带云"形容水天相连之邈远，非常形象、美妙；又用"乱花随雨"描绘出随雨飘洒的花瓣，为我们展现了一幅迷人的山水画。我们再欣赏一副江西庐山的名胜联：

横奔月窟千堆雪

趣谈楹联

倒瀑银河万道雷

这副对联写得十分大气，声色俱佳，构成了一幅顶天立地的巨幅水墨画。画面上白云奔涌，瀑布急泻，轰轰然犹如雷鸣。这副磅礴大气的楹联令人由衷赞叹祖国山河之壮丽与造化之神奇。

有的名胜联不仅写出风光美景，还暗藏典故，比如历史名人在这里留下的足迹或所从事的活动等。下面我们来欣赏这样一副名胜联：

古迹重湖山，历数名贤，最难忘白傅留诗，苏公判牍；
胜缘结香火，来游福地，莫虚负荷花十里，桂子三秋。

这是杭州灵隐寺的一副对联，可谓形神兼备。上联重点写杭州、西湖所涉及的历史名人及其在杭州、西湖发生的故事；下联则着重借古代文人的名句来抒发作者之感怀，引发游人抚今追昔的怀古之情。

上联中提到的"白傅"即唐代大诗人白居易，因为白居易晚年曾任太子少傅。白居易在任职杭州时，留下了不少描写杭

杭州西湖上的白堤

州美景的名诗，所以说"最难忘白傅留诗"。"苏公判牍"是指宋代苏轼在杭州任职的时候，经常在灵隐寺、冷泉等地审理公务。"荷花十里，桂子三秋"则是化用宋代柳永《望海潮》中的句子。

这副名胜联妙就妙在不去直接描写"淡妆浓抹总相宜"的西湖，而是借用历代文豪的游踪墨迹，让人们面对着名胜古迹，联想到历代先贤对西湖、对灵隐寺、对祖国大好河山的赞美与咏叹，联想到古代文人墨客在这里发生的生动有趣的故事，从而产生一种怀古而更加热爱今天的感情。

再看一副对联：

生死一知己
存亡两妇人

据说这是韩侯祠的一副对联，是根据"十年成败一知己，七尺存亡两妇人"的诗句演化而来的。这副对联是什么意思呢？联中所涉及的人究竟是谁呢？其实，这还是一个大家十分熟悉的故事。

"汉初三杰"之一的韩信，年轻时十分贫穷，经常吃不上饭。有一次，韩信到城外河边钓鱼，遇到一个在河边洗衣的漂母。漂母见这小伙子实在可怜，就给他一些饭食。这位漂母自然是韩信的救命恩人。后来，萧何再三向刘邦推荐韩信。韩信因为得不到重用而离开了刘邦，萧何闻讯，顾不上向刘邦报告，连夜去追赶，这就是"萧何月下追韩信"的故事。刘邦见萧何这样看重韩信，这才对韩信重视起来，重用了他。所以说萧何是韩信的知己。西汉建立后，吕后害怕韩信谋反，就用萧何之计诱杀了韩信。"成也萧何，败也萧何"，这不正是"生死一知己"吗？再说"存亡两妇人"，先是漂母救活了韩信，后是吕后杀死了韩信，这不正是"存亡两妇人"吗？

20世纪90年代初，我到庐山观赏庐山瀑布，曾经停驻在唐代大诗人李白咏唱"飞流直下三千尺，疑是银河落九天"的地方，久久不能离去。只见那瀑布飞流直下，竟似天降，轰轰然有若雷鸣，真是玉珠四溅，长若天河。我不由想起诗仙的另一首诗："白发三千丈，缘愁似个长"，只不过那奔腾直泻的并不是愁发，而是银河玉瀑。再看那山上的古松，遒劲挺拔，松针浓密，显得苍郁古朴。

于是我联兴大发，脱口吟句：

玉瀑三千丈，非太白皓发；
苍松五百年，乃彭祖青须。

传说彭祖是颛顼的玄孙，生于夏代，至殷朝末年已是七百多岁，也有人说彭祖活了八百岁，总之是一个长寿的人物。如果彭祖真的活了八百岁，那么在他五百岁的时候岂不正是才生"青须"吗？

半夜生孩，亥子二时难定
——简介贺联

　　贺联也较为多见，新婚嫁娶当贺，生子添孙当贺；乔迁新居当贺，建房造屋当贺；酒店开业当贺，厅堂奠基当贺；老人寿辰当贺，建校华诞当贺……

　　那么贺联有哪些特点呢？贺联，顾名思义，就是表示祝贺的对联。除了说吉祥话以外，必须是贺得恰切，祝得喜庆；上好的贺联还要写得富有情趣、富有深意。如：

　　　　海上蟠桃多结子
　　　　月中仙桂复生枝

　　这是一副祝贺生孩子的七言贺联，"多结子"是祝贺生子的吉祥话，还用"蟠桃""仙桂"比喻主人家所生子女，更有吉祥之意。蟠桃是传说中的仙桃，传说此桃三千年才结一次果，用在这里极言得子之珍贵，非常喜庆。下联说的是月宫中的桂树又发新枝，自然是吉祥富贵，而且非常贴切。

以上一副对联即属生子贺联，其特点是用吉祥、富贵之类的语言，对被贺者喜得子女表示祝贺。常用的词语有：蟠桃、桂树、麒麟、芝兰、玉树、新笋、嫩枝或一些珍奇富贵的花草等。当然也不一定全都如此，有的联如果能够把生子的特定环境或特定时间表述出来，则更有趣味。

比如下面一副对联：

半夜生孩，亥子二时难定；
百年匹配，巳酉两日相当。

这是一副很有趣味、非常特殊的双贺联，涉及明代"吴中四才子"中的三个人物，即祝允明、唐伯虎、徐祯卿。

一日，唐伯虎得知诗友徐祯卿之妻半夜生一贵子，就和祝枝山商量贺喜的事。听说孩子是亥、子两个时辰交替之时所生，就相当于现在的晚上11点左右。

唐伯虎以此为题，口占上联："半夜生孩，亥子二时难定。"祝枝山说："好！有意思。"可是他绞尽脑汁也未能对出下句。

贺喜那天，祝枝山问得徐祯卿与徐妻的属相：一个属蛇、一个属鸡，灵机一动，对出下联："百年匹配，巳酉两日相当。"

孩子出生在亥时与子时之间，而"亥"和"子"恰恰可以组合成"孩"字。下联巧拆"配"字为"巳"和"酉"，又正合徐祯卿夫妇的属相。这样一来，不但贺了生子之喜，也祝福了孩子的父母夫妻相配，百年好合。这就是贺联中运用拆字法的妙句。

乔迁新居是可喜可贺的事。"乔"是高的意思，人往高处走嘛！所以乔迁新居自然要庆贺一番。往往是使用华庭、新院、吉第、祥宅之类的词，再配以紫光、瑞气、青山、绿水、喜鹊、春燕等吉祥景物或动物，就能使一副乔迁贺联有声有色。比如下面这副对联：

月满一轮辉宇宙
梅香千里到门庭

这副对联表面看似乎没有多少祝贺乔迁的意思。作者为什么起句先用"月满一轮"呢？这其中含有开始新的岁月与新的生活之意，"辉"字这里就活用作动词了。怎样体现乔迁之喜呢？那就是"梅香千里到门庭"。可想而知，新居挂上这副贺联会显得吉祥而雅致。再看一副对联：

乔第喜迁新气象
换门不改旧家风

我非常喜欢这副对联，很有继承和宣扬淳朴家风的意思。上联突出了乔迁新居的新气象，而下联着重书写了主人继承家风、保留优良传统的意愿。

学校用的贺联较多，建校需要张挂贺联，开学、毕业时本校也要撰写一些表示庆贺的对联。

学校用联的主要内容是强调育人、成才。比如：

> 移取春风门栽桃李
> 蔚成大器材备栋梁

这副贺联写得就非常好。先说"移取春风"，那就是借助春风。那么春风是什么呢？这含义就很广泛了：也许是大自然的春风，也许是春季开学伊始，也许是新颁布了教育政策，也许是更换了新的领导班子等。这些有利于学校发展的因素都可以说是"春风"。

上联说"门栽桃李"，喻指培养学生，其目的是像下联所说的，为国家、社会储备栋梁。再看下面一副贺联：

> 骥足历程看异日
> 龙门发轫在今朝

上联中的"骥"是良马。荀子《劝学》中说："骐骥一跃，不能十步；驽马十驾，功在不舍。"下联中的"龙门"指旧时科举考试考场的正门。"发"即打开，"轫"是阻止车轮转动的楔子。这是一副毕业庆典用的贺联，同时又是一副劝勉学子奋发进取的佳构。

1940年3月，汪精卫在日本帝国主义的支持下，在南京就职伪总统。当时人们都议论纷纷，感到非常气愤。这哪里是在"曲线救国"，这不是公开卖国、当日本人的走狗吗？

这时，就有一个人写了一副对联：

　　昔具盖世之德
　　今有罕见之才

写好之后，他又把对联精心装裱一番，送到了汪精卫的办公厅。

当差的一看，对联写得还不错，就交给了汪精卫。汪精卫看过之后，也觉得可以，就叫人把对联挂在了大厅正中。

汪精卫正欣赏这副对子的时候，身边一个有学问的秘书悄悄告诉他："此联挂不得。"

汪精卫问："为什么？"秘书说："上联的'盖世'，就是'该死'的谐音；下联的'罕见'，就是'汉奸'的谐音。这副对联是在骂您，说您'昔具该死之德，今有汉奸之才'。"

汪精卫听了大发雷霆，马上将对联撤下去了。

贺联的用途非常广泛，但无论给谁写贺联，都必须注意内容要恰切，用词也要尽量准确。

传说有一次乾隆皇帝举办"千叟宴"，参加宴会的除了王公大臣，还有很多高龄的老人。

宴会进行到中途，气氛十分热烈，乾隆联兴大发，指着一个看起来年龄最长的老者问道："老先生今年高寿呀？"

这老先生还未来得及回答，旁边的一个人便说道："回皇上，他耳朵有点背，我替他说，他今年已经一百四十一岁了。"

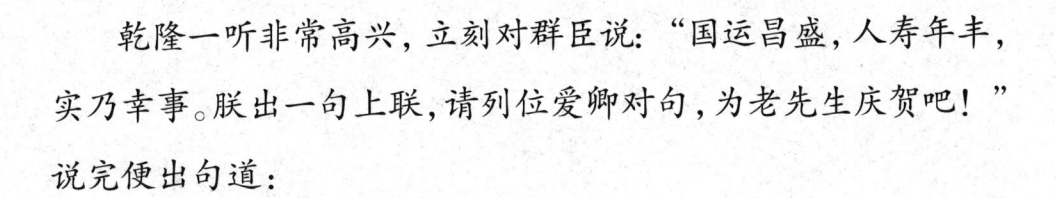

乾隆一听非常高兴，立刻对群臣说："国运昌盛，人寿年丰，实乃幸事。朕出一句上联，请列位爱卿对句，为老先生庆贺吧！"说完便出句道：

　　花甲重逢，再加三七岁月。

"花甲"是指六十岁，"花甲重逢"就是两个六十岁，再加上"三七"二十一岁，恰好是一百四十一岁。

就在大家冥思苦想的时候，大学士纪晓岚站了起来，说："皇上，臣有一句下联。"只听他对道：

　　古稀双庆，更多一度春秋。

这下联对得十分得体而巧妙。杜甫有"人生七十古来稀"的句子，所以"古稀"就指七十岁，而"古稀双庆"即指两个七十岁，再加上"一度春秋"，正好也是一百四十一岁。

乾隆听罢，连声称赞："好，不愧是大学士！"

老鼠亦称老
——谈谈贺寿联

有一副寿联大家非常熟悉,即"天增岁月人增寿,春满乾坤福满门"。关于这副对联有一个令人发笑的故事:

从前,有一个土财主,斗大的字不识几个。有一年他为母亲做寿,准备贴一副寿联。因为自己不会写,请人又怕花钱,所以他吩咐账房先生把"天增岁月人增寿,春满乾坤福满门"改一改贴出去。账房先生说:"这上联中的'人增寿'可以改成'妈增寿',您看行吗?"财主说:"好。""那下联怎么改呀?"那财主连想也没想,马上就说:"真笨,上联是'妈',下联就对'爹'呗!"这样一来,这副对联就变成了"天增岁月妈增寿,春满乾坤爹满门"了。当然,这只是一个笑话。

宋代吴叔经为黄耕庚夫人作过一副寿联:

趣谈楹联

天边将满一轮月
世上还钟百岁人

这是有记录的比较早的寿联。

贺寿的楹联一般都要书写祝愿康健、延年益寿之类的话，多用山、海、松、鹤这样的字眼。特殊之处是，寿联创作的内容和方法要符合寿星的性别、身份、年龄以及其他具体情况，因人而异。

一般的寿联几乎没有什么具体的针对性，只是泛泛地祈祝寿星长生不老之类。比如"福如东海长流水，寿比南山不老松"，这种寿联属于大众公用，缺乏个性。

再看这副寿联：

慈萱春不老
古树寿长青

联中的"萱"就是萱草，一种多年生的草本植物，传说可以使人忘记忧愁，也叫"忘忧草"。古时候人们经常把萱草种植在自家的后院，通常是女眷居住的北堂附近，所以北堂又叫"萱堂"。因此人们

清代 恽寿平 萱草

便用萱草、萱堂指代母亲。

上一副寿联用萱草和古树打比方，为女寿星祝寿。再看这副寿联：

岁老根弥壮
阳骄叶更荫

这副寿联也比较常见，并且同样是以物喻人，其中的"弥"是"更加"的意思，直言树老根更粗壮，比喻人老更健康，有古朴亲切之感。这种方法使表达效果更加自然亲切、形象生动，比直言"长命百岁"要好得多。再看下面一副寿联：

柏节松心宜晚翠
童颜鹤发胜当年

从古至今人们都非常喜欢松柏，特别是寿联中经常用到松柏。人们喜爱松柏枝干卓挺、四季常青，所以用松柏来祝愿老人健康长寿。

撰写寿联不能只是简单书写寿语，要能够通过某事、某物造成一种意境，才可以成为佳构。你再看这副寿联：

笑吟子孙阶前彩
乐宴宾朋席上珍

这副寿联通过直接描绘寿筵庆典的实况来祝寿。由此可见，寿联的内容如果能够和庆典现场的某些特点结合，比如场景、道具、人物等，则效果更好。

一般寿联适用于普通大众，内涵比较单一，只是祝福健康长寿就够了。但有的时候由于寿星的身份、学养、社会地位等方面与众不同，仅仅作普通的寿联就显得乏味了。因此，有些寿联具有很丰富的文化内涵，暗藏典故的寿联就是其中一种。

旧时有一大户人家，四世同堂。有一年，这家的老太爷办寿，有一个满腹经纶的先生就撰了这样一副寿联：

一庭乔梓皆华发
四世芝兰尽白眉

这就是一副暗含典故的寿联，上下联语都引经据典，很有品位。

联中的"乔梓"，语出《尚书大传》。乔木的果实高高在上，喻指父辈；梓树的果实则喻指子辈。上联的意思是：在这个大家庭中，父父子子都已经是满头华发了。下联中的"芝兰"语出《世说新语》，"芝兰玉树"喻指优秀的子弟。下联的意思是：四代的子孙都是优秀的子弟，而且也都是白眉老翁了。这样一写，足见寿星年岁之长、家门人丁之旺了。这副寿联写得语顺辞达，对仗工稳，用典恰切，收到极好的审美效果。

有的寿联还引用古人的诗句，这也是一种用典。比如有这样一副庆七十大寿的寿联：

休辞客路三千远
须念人生七十稀

唐代杜甫有诗："酒债寻常行处有，人生七十古来稀。"这两句诗极言世事沧桑，尤其是慨叹世事艰难。白居易也有"旧话相传聊自慰，世间七十老人稀"的句子。白居易不愧是白乐天呀，他在这里说"世间七十老人稀"颇含欣慰、自得甚至是自豪的情绪。

下联"须念人生七十稀"是针对上联"休辞客路三千远"而言，意思是不要顾虑人生道路之遥远艰辛，要知道"人生七十古来稀"——我们活到现在已经是古往今来少有的寿星了。寿星及其家属看了这样的寿联，怎能不心花怒放呢？

话说这一年乾隆皇帝八十大寿，自然要十分隆重地大办一场。在寿日庆典之前，许多臣僚都竞相表现，有人奉献珍宝，有人泼墨挥毫，唯独纪晓岚安之若素，好像什么事也没有。

庆寿大典这天，大厅里张灯结彩，丝竹悦耳。大臣们一个接着一个地为乾隆祝寿，无非是乾隆早已听腻了的歌功颂德之辞。

就在这个时候，乾隆发现纪晓岚始终一言不发，就问："人家都给朕祝寿，你怎么不说话呢？"纪晓岚一听，上前一步施礼，说道："今天是为万岁爷贺寿的日子，微臣做一个秀才人情，送您一副对子吧！"纪晓岚的寿联是这样的：

　　八千为春，八千为秋，八方向化八风和，庆圣寿，
　八旬逢八月；

五数合天，五数合地，五代同堂五福备，正昌期，五十有五年。

乾隆一听大喜，连连说："不愧是大才子啊！"立刻赏银千两。

乾隆为什么如此高兴呢？因为这是一副绝妙的寿联，而且还是一副联中联。

"八千为春，八千为秋"语出《庄子·逍遥游》。文中说："楚之南有冥灵者，以五百岁为春，五百岁为秋；上古有大椿者，以八千岁为春，八千岁为秋。"纪晓岚用在这里，是在称赞乾隆乃是大椿大寿。乾隆能不高兴吗？更高明的是，乾隆的生日还真是在八月，这就是上联连用六个"八"的妙处。而下联又用了六个"五"，"正昌期，五十有五年"是说乾隆掌政恰好是五十五年。

令人吃惊的是，如果把每小节的最后一个字连读，还能得到一副对联，即：

春秋和寿月
天地备期年

你看，纪晓岚的这副寿联多么巧妙，难怪乾隆会龙心大悦呢！

李清照是南宋著名词人，她的丈夫赵明诚是位金石学家。夫妻两人都博学多才，又精通诗词格律。传说有一次，两人参加青州乌老寿星一百五十岁的寿宴，众人邀请李清照夫妇合写一副对联，祝贺乌老寿诞。赵明诚挥笔而就：

花甲重逢，又增而立年岁。

一甲子是六十年，"花甲重逢"即一百二十岁，"而立"是三十岁，两数相加正合乌老寿数，客厅里顿时响起叫好之声。李清照看罢，挥笔而成下联：

古稀双庆，复添幼学青春。

"古稀"是七十岁，"双庆"便是一百四十岁，"幼学"是十岁，加在一起，也恰是乌老寿龄，而且对仗工整，珠联璧合。

乌老欣喜异常，亲自铺开宣纸请他们再赐联一副。

赵明诚纵笔写下五个大字：

三多福寿子

李清照目光落在乌老的书架上，灵机一动，低头写道：

四诗风雅颂

《诗经》分为"风雅颂"三部分，为什么是"四诗"呢？因为"雅"中还有"大雅"和"小雅"之分，所以是"四诗"。

赵明诚一心想难倒李清照，就又写了几个大字：

乌龟方姓乌

这"方"就是"才"的意思，上句就等于说"乌龟才姓乌"。

趣谈楹联

众人一愣，乌老也面露尴尬之色。李清照不慌不忙，续写道：

龟寿比日月，年高德亮。

乌老看罢，手捻长髯连声叫好。赵明诚见状微微一笑，接着又提笔写下这样一句话：

老鼠亦称老

写完后，又看了看李清照。李清照当然会意，只见她缓步上前，又写出了下面的句子：

鼠姑兆富贵，国色天香。

"鼠姑"是牡丹花的别称。上下联都用了陡转的手法。这种手法我们并不陌生，前文说过的"福无双至今朝至，祸不单行昨夜行"不就是陡转吗？"乌龟方姓乌"，可"龟寿比日月"呀！"老鼠亦称老"，但"鼠姑兆富贵"啊！

上下联首字更巧妙地嵌入"乌老"二字，而且有祈祝康健福寿之意，众人连连称妙，赵明诚也不得不佩服李清照锦心绣口，机敏过人。

再看一副对联：

四世同堂，懿德懿行若孟母；
九秩共庆，高风高寿比麻姑。

这副寿联写得很漂亮，内容丰富，用词恰切，既有祝寿之语，

麻姑献寿图　年画

又含褒赞之情。这位作者传统文化知识底蕴十分丰厚，让人一看就知道此联是为女寿星祝寿的。

　　上联说寿星的美德、美行比得上孟母。大家都知道"孟母三迁"，孟子的母亲以教子有方而著称。下联中的"九秩"即九十岁。下联说寿星的高寿堪比麻姑。

　　麻姑是谁呢？为什么要把寿星比作麻姑？原来，麻姑是传说中的仙女，看上去不到二十岁，却自称"已见东海三为桑田"，也就是三次目睹了大海变成陆地，这是何等的长寿啊！成语"沧海桑田"就是出自这里。因此，麻姑被人们视为女寿星。

人到盖棺方有定论
——挽联概说

传说清代道光年间,南邦寺有一个得道高僧圆寂了,众僧请才子刘凤诰写一副挽联。

只见刘凤诰不假思索,写下这样一句:

南邦寺死个和尚

上联一写完,和尚们就目瞪口呆:这赫赫有名的大才子怎么写出这样大白话一般的挽联呢?刘凤诰并不多言,提起笔来又写出下联:

西竺国添一如来

西竺国是古印度的旧称,是佛教的发源地。和尚们不禁合掌称善。

这是挽联中的一种，其特点是联面并不突出悲哀、缅怀的气氛，而是褒扬逝者。这种手法现在也常用。对逝者表示哀悼和追思，早在《诗经》中就已经出现了。

挽联是楹联中的一种，写法多种多样，不一定都是书写哀辞悲语。有的挽联对逝者的一生加以概括，以寄托哀思。据宋代《石林燕语》记载，有人为韩绛撰过一副挽联，内容是：

三登庆历三人第
四入熙宁四辅中

这副挽联是什么意思呢？上联是说，庆历年间，韩绛参加乡试、会试、殿试，三次都是第三名；下联是说，熙宁年间，他历经四次迁职。"辅"即辅弼，指他是辅佐皇帝的大臣。这是有记录的年代较早的挽联。

通常挽联尽书哀挽之语，悼念之情；而缅怀之情又因逝者的身份、地位、年龄、职业、性格、社会影响等因素而异，或陈沉痛之词，或言叹惜之语，或唱悲沉之挽歌，或书激越之檄文。

挽联常用词有松柏、云鹤、悲风、泪雨、残烛、空楼、杜鹃等。撰写挽联需要作者首先突出一个"情"字。白居易在《与元九书》中说："感人心者，莫先乎情，莫始乎言，莫切乎声，莫深乎义。"只有怀着十分凝重的感情，持真诚的态度写出情辞恳切的语句，才能起到哀悼逝者的作用。

宝瑟无声弦柱绝

瑶台有月镜奁空

这副挽联用"弦柱绝""镜奁空"来哀悼逝者。上联写多么好的一具宝瑟，如今却弦断柱绝，再也发不出声音了；下联中的"瑶台"是传说中神仙西王母居住的地方，"奁"是女子梳妆用的镜匣。从这两点我们知道，仙逝者为女性。联语意切情真，借物咏情，让读到这副挽联的人也不禁心涌悲酸。

壮志难移，汉回各族模范；
大节不死，母子两代英雄。

这是著名抗日英雄马本斋病逝后，朱德总司令为其撰写的挽联。

马本斋原名马守清，是抗日战争时期八路军冀中军区回民支队的创建人。他早年曾任奉军独立二十一师第四团团长，"九一八"事变后，因不满蒋介石的不抵抗政策弃官还乡务农。卢沟桥事变后，马本斋率领家乡群众组织了"回民抗日义勇队"，之后加入了中国共产党。马本斋领导的回民支队在冀中平原有"攻无不克、无坚不摧的铁军"之誉。

1941年，日本侵略军为招降马本斋，抓走了他的母亲。马母面对日军的威逼利诱，坚贞不屈。为了不让敌人利用自己牵制儿子，老人家绝食抗争，光荣牺牲。马本斋得知母亲牺牲的消息，强忍悲痛写下："伟大母亲虽死犹生，儿定继承母志，与日本人血战到底！"

在长期的战争生活中，马本斋积劳成疾，英年早逝。党中央在延安为马本斋举行了追悼会，朱德总司令亲自为他撰写了挽联。这副挽联不仅十分符合逝者的身份、经历，而且非常庄严。

由于挽联作者和逝者的身份、文化修养不同，挽联的风格和文化品位也各异。有些挽联不但能让读者感受到哀婉的情绪，还能收到特殊的审美效果。有的挽联暗含动人的故事，更加突出了缅怀作用。

不幸周郎竟短命
早知李靖是英雄

这是民国初年奇女子小凤仙为蔡锷将军撰写的挽联，用两位古代英雄人物作比，突出了小凤仙对蔡锷将军的痛惜和无限敬慕，感情真挚。上联"不幸周郎竟短命"，写出了令人顿足扼腕的痛惜之情。蔡锷和周瑜都是在三十五六岁时英年早逝。至于下联，究竟是谁"早知李靖是英雄"呢？这里有一个故事：

相传在隋朝末年，有一个奇女子张出尘，是隋末权臣杨素的侍女，因手执红色拂尘，故称"红拂女"。当时有一个文武兼通的英雄名叫李靖，他心怀大志，

清代　费丹旭　红拂女

投到杨素门下，后来发现杨素并无远大志向，觉得非常失望。每次杨、李二人谈论天下的时候，红拂女都站在一旁侍奉，因此，两个人谈话的内容、态度包括表情、气质，她都看得非常清楚。

红拂女为李靖的非凡气度和谈吐、谋略所倾倒，产生了爱慕之心。当她发现李靖颇为失意的时候，就在一个夜晚偷偷地离开杨府，径直跑到了李靖的住处。红拂女开门见山地表明自己的心意，愿意跟随李靖闯荡天下。从此，两个人便形影相随，一起帮助李渊、李世民父子推翻了隋朝，成为大唐王朝的有功之臣。也就是说，红拂女慧眼识得李靖是英雄。

在这副挽联中，小凤仙自比红拂女，说自己也是独具慧眼，早就看准了蔡锷这位大英雄，而且无怨无悔，颇感自豪。这是一副上乘的寄表哀思之作。

有的挽联不仅寄表哀悼、伤痛之情，还糅以神话传说，从而表达生者的美好意愿。比如下面这副挽联：

青鸟信来，王母归时环佩冷；
玉箫声断，秦娥去后凤楼空。

上联中的青鸟是传说中西王母身边的信使。现在由青鸟来报丧信，那不意味着逝者升仙了吗？下联也包含一个美妙的传说：有一个叫秦娥的女子经常在自家楼上吹箫，她那委婉清丽的箫音竟引得凤凰驻足。久而久之，凤凰就度秦娥成仙了。这样的挽联不仅能寄托哀思，而且给予逝者富有浪漫色彩的祈祝。

人到盖棺方有定论

我将碎琴以报知音

　　这副挽联可是大有出处，用了两个典故。上联化用了陆游的诗句"位卑未敢忘忧国，事定犹须待阖棺"，表示对逝者一生言行的肯定。陆游原句的意思是：尽管自己的官位不高，但始终不能忘记忧国忧民，不过生前所挂念的家事、国事、个人事究竟如何，都得到盖棺之时才能有定论。诗句反映出陆游的拳拳报国之心。上联以此来盛赞逝者。

　　下联则用"高山流水"的典故表达了痛失知己的悲伤。传说春秋时期，楚国有一个善于弹琴的人叫伯牙。由于他的曲子过于高雅，所以曲高和寡，一般的人都听不懂。一天，伯牙到山上弹琴，有一个叫钟子期的樵夫静静地在一旁谛听。伯牙问："你能听出我弹的是什么吗？"钟子期回答："先生所弹乃高山流水之声。"伯牙大喜，遂以钟子期为知音。钟子期死后，伯牙悲痛欲绝，说："我在世上再也没有知音了！"从此把琴摔坏，终生不再弹琴。

　　再讲一个比较特殊的挽联故事：

　　晚清张佩纶本是朝廷三品大员，但在福建的马尾港任职期间，因为被法国军队击败，仓皇逃跑，所以被朝廷革职充军。后来，他投靠了李鸿章，成为李鸿章门下的红人。

　　有一天，张佩纶到李府办事，恰好李鸿章的小女儿在客厅

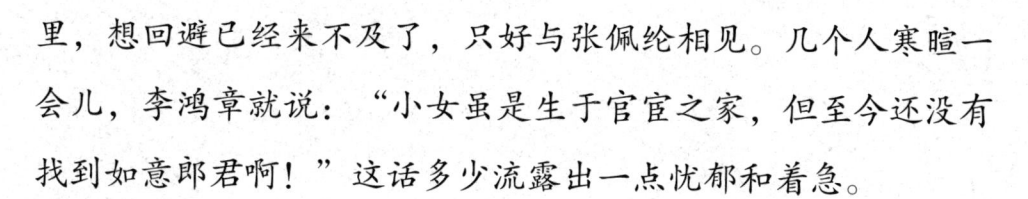

里，想回避已经来不及了，只好与张佩纶相见。几个人寒暄一会儿，李鸿章就说："小女虽是生于官宦之家，但至今还没有找到如意郎君啊！"这话多少流露出一点忧郁和着急。

张佩纶立刻小心地问道："不知大人择婿以何为准呢？"李鸿章说："能有你这样的才华就行啦！"

张佩纶一听喜出望外，因为他丧偶已经有一段时间了，正准备续弦。听李鸿章说像自己这样的人就行，他误以为李鸿章看中了自己。第二天，张佩纶便到处宣传，说李大人有意招自己为婿，并请一个颇有身份的人去说媒。

尽管李夫人百般反对，但李鸿章碍于面子，只好答应了这门婚事。也是张佩纶官运不济，直到晚年他的官职也没有升上来，只好靠着夫人的家财终老一生。他死后，有人给他撰了一副挽联：

　　三品功名丢马尾
　　一生艳福仗蛾眉

"蛾眉"是弯弯的眉毛，借指女子。这副挽联虽然有戏谑之意，但联语对仗工整，用词妥帖，尤其是"马尾"与"蛾眉"对得更是绝妙。

庸医的诊所为啥火了
——说说行业联

有一座大杂院，住的全是工匠。他们彼此不服气，总想显示自己有能耐有地位。这一年过年，铁匠首先在大门上贴出一副对联：

虽住两间火烤烟熏屋
却是一个钢锤铁打人

木匠看了嗤之以鼻，很快贴出自己的门联：

一把曲尺能成方圆器
几根直线可造栋梁材

制乐器的见了不甘示弱，也贴出一副门联：

白雪阳春传雅曲
高山流水有知音

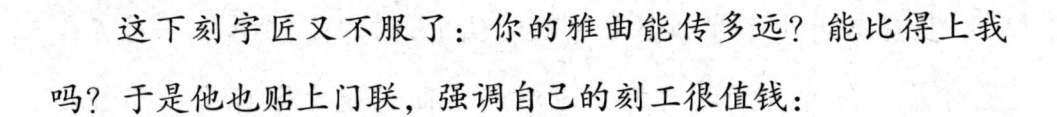

这下刻字匠又不服了：你的雅曲能传多远？能比得上我吗？于是他也贴上门联，强调自己的刻工很值钱：

　　六书传四海
　　一刻值千金

剃头匠在大杂院一向地位低下，被人瞧不起，他见众人贴出的门联都豪气冲天，有心要将他们都压下去，于是请人写了一副对联：

　　虽为毫发技艺
　　却是顶上功夫

这五副对联就是我们所说的行业对联。

据说民国初年，重庆有一家酒店就要开业了，想挂一副好对联，图个吉利。找人撰了几副对联都不符合店主的心意，恰巧一个朋友从法国带来一瓶三星牌白兰地，还出了个主意："咱就来个别开生面的征联，把这瓶酒挂在门前，写上征联的文字。"

三星白兰地挂了几天后，店主收到了好多对联，可是没有一副满意的。当时郭沫若正在重庆，听到这个消息后，立刻想到有一道名菜叫"黄梅天"，正好与"白兰地"相对。"黄梅天"也可以指梅雨季节。于是，他撰了这样一副对联：

　　三星白兰地
　　五月黄梅天

虽然只有十个字，但上下联对仗十分工整。你看，三对五，星对月，白对黄，兰对梅，地对天，简直是无懈可击。而且，既有当地特色菜，又有外来名酒，对于酒店的食客来说，这副对联的内容是非常抢眼的。店主看到这副对联，喜出望外，马上挂在酒店门前。

有的行业还利用古代的名句让名人撰写门联，收到非常好的效果。

20世纪中叶上海有一家小吃店，名叫"小有天"。这个店的生意做得非常好，以小菜味道鲜美而远近闻名。虽然店面不大，但天天客满。著名画家张大千的老师李端清曾为该店写了一副门联：

道道非常道
天天小有天

这副对联作得非常有趣，也非常有学问。上联是化用《道德经》中的"道可道，非常道"，这句话的本意是，"道"如果能够说出来，那就不是永恒的道了。用在这里，意思却变成"每一道菜都是不同寻常的菜"。下联是说，即使你天天来"小有天"，也能吃到适合你口味的佳肴，不会乏味。行业联应用的历史很长，古代的行业联多用于零售业或服务业，比如布匹店、酒家等，一般用作门联，常在开业时或节日里张贴。比较早的行业联我们可以看一下京华老字号"六必居"酱园的对联：

黍必齐，曲必实，湛必洁，器必良，火必得，泉必香，京华古都传统，必严必信，居家旅行，懿哉君子；

　　味斯淳，气斯馨，泽斯清，质斯正，形斯雅，品斯精，嘉靖年间风骨，斯承斯盛，佐餐助酌，莞尔佳宾。

这副对联的上联突出了工具、材料、手法的"六必"，下联则讲色形品味。在上下联的结尾分别说出了"六必居"酱园的古老传统及其在人们生活中的重要作用，通过对联写出了"六必居"酱园产品的主要原料、工艺及其上乘品质。

行业联的语言要简洁、生动、形象，联语应该体现该行业的特点，对这个行业的工作性质、工作内容以及与百姓生活的关系、品牌、特色等有关信息做出艺术的概括。总之，行业联要写出该行业的与众不同之处。我们来看一副内涵丰富的对联：

　　一派薪传资锻炼
　　十分火候见精纯

这是一副冶炼行业的对联，联语既合于冶炼行业，又暗指手艺薪火相传，非常恰切。上联语出《庄子》。庄子认为，熊熊不尽的大火是由于木柴还没有完全烧尽，火星又传递到其他燃料上，所以才能长久不灭。下联说的是要有适当的火候，才能冶炼出上好的材料。同时又指对人的教传和培养就像钢铁一样，必须锻而炼之，始见精纯。

要写好或是欣赏某行业联，应具备一定的相关知识。如果了解一点该行业的历史或有关的逸闻趣事就更好了，这样写出来就不单单是某行业的广告，而是非常有趣味、有知识的艺术作品。比如下面这副对联：

薛家新制巧
蔡氏旧名高

这是一家纸店的对联，很有特色。尽管在联面上没说一个"纸"字，但上下联都突出了纸，而且是高品位的纸。上联说的是唐代薛涛创制的薛涛笺，前面我们提到过。

下联"蔡氏"即指东汉的蔡伦。他为什么"旧名高"呢？稍有历史知识的人一看这句话，就能想到纸和蔡伦的关系。这副行业联运用历史典故，颇具文化品位。我们来看下面一副行业联：

羲之五字增声价
诸葛三军听指挥

如果没有一定的历史文化知识，恐怕就无法领略联中含义及其中妙趣。

其实，上联所说的"羲之五字增声价"，其中有一个

小故事。

有一次，书圣王羲之看见一个老妇人拿着扇子叫卖，喊破了嗓子也卖不出一把。王羲之就走上前去，在每一把扇子上各写了五个字。老妇人生气了，说："你不买也就罢了，为何在我的扇子上面乱写乱画，这扇子我还怎么卖呀？"王羲之说："只要你说这是王右军写的字，人们就都会来买你的扇子。"

那老妇人将信将疑地开始叫卖，人们果然竞相购买。知道了这个故事，就会知道"羲之五字增声价"是为扇子专卖店而写的。

下联说的是诸葛亮执羽扇指挥三军的故事。

上下联分别省略了"其"和"之"，均指代扇子，即"羲之五字增（其）声价，诸葛三军听（之）指挥"。如果看了这副远胜广告的对联，我想客人起码会在这家店铺中多流连一阵。

有的行业联不仅将本行业的性质用对联揭示出来，而且富有哲理，让人从中受到深刻的启发。比如下面这副对联：

借虚事点拨实事
指古人提醒今人

这是旧时张贴在戏台两边的对联，很有些寓教于乐的味道。

在行业联中，对某种行业的历史进行描述，那真是不胜枚举。比如，中药铺可以联系尝百草的神农氏，石材厂可以联系女娲炼石补天，火柴厂甚至可以追溯到钻木取火的燧人氏……

前面说过，我国早期的行业联大部分出现于店铺，诸如酒馆、旅店、当铺、药行之类，而这些店铺的楹联很多都是请人代写的。当然，所请的人档次越高，那楹联的品位就越高，其主人的面子就越大，其店铺的影响就越广。这也就是我们现在所说的名人效应。

传说清代乾隆年间，京城有一个庸医，不学无术，还非常虚荣。由于他医术平平，经常误诊，找他求医的病人越来越少。对医生来说这不是一种耻辱吗？庸医很着急。

有一天，大学士纪晓岚经过庸医的门前，主人便盛情邀请纪晓岚进店中小坐。一盏茶还未喝完，主人就满脸堆笑地为他的诊所索求墨宝，并让伙计把纸墨笔砚都放在了纪晓岚的面前。

其实，纪晓岚对这家主人的情况早有耳闻，见主人如此殷勤，也不便推托，提起笔来，写下这样一副对联：

不明财主弃
多故病人疏

这副对联化用唐代诗人孟浩然的诗句"不才明主弃，多病故人疏"，纪晓岚稍一改动，只是将上下联用字的顺序调整一下，并把上联中"才华"的"才"换成"钱财"的"财"，意思就大不一样了。

上联一针见血地指出了庸医由于"不明"——就是医术不高明——而导致被"财主"抛弃的实质。这里的"财主"即病人，病人来看病不得付钱吗？

下联说，由于老出医疗事故，病人越来越少了。上下联指出了其诊所门可罗雀的原因。

那庸医一看，满面羞愧，连声道："多谢大人指教。"

从此他潜心苦读医书，不断提高医术，还将那副对联张挂在门前，一为警示自己，二借名人效应。后来他的诊所真的火了起来。

再看一副行业联：

茶何以显贵，是为天精地孕；
茗故而留香，皆因春雨秋霜。

这是我为一所茶馆撰写的对联。

我国茶文化源远流长，据说神农氏发现了茶可以饮用。几千年来，饮茶不仅是生活必需，而且已经形成了博大精深的茶文化。上联说：茶何以显贵？饮茶贵在品，要品出人生，品出哲理。下联也是如此，"茗故而留香，皆因春雨秋霜"，就像梅花香自苦寒来一样，一个人要成就自己，实现自我价值，就要经得住各方面的历练。

这副对联还是嵌名联，茶馆的名字叫"留香园"。

锡山无锡虚得其名
——聊聊赠答联

赠答联也是楹联中常见的类型，因为一般用于文人学者之间的交流酬答，所以具有较高的文化内涵和欣赏价值。

赠答联应该对所赠对象的人品、学识或其所从事的事业、于某方面之贡献给予准确评价。还有的赠答联是互相激励，或是寄托思念，或是抒情言志，从中反映出作者的思想情感，也让读者受到启迪、得到借鉴。

有一些赠答联巧妙地嵌入对方的姓名或字号。

异石归海岳
高士标云林

这是于右任赠给陶冷月的对联。于右任是著名书法家，陶冷月是著名画家。联中的"海岳"是北宋画家米芾的号，"云林"

是元代画家倪瓒的号。这副对联以米芾、倪瓒作比,给予陶冷月极高的评价。

大家都知道江苏省的无锡市,这个名字是怎么来的呢?

无锡的惠山有一座锡山,传说古时曾经产出过锡矿。到汉代的时候,锡矿就被开采尽了,所以叫"无锡"。无锡的惠山脚下有一个平湖,水面平静,景色宜人。传说有一任平湖县令非常有才干,但由于秉公办事而得罪了许多权贵。这些人为了将县令赶出平湖,就造谣说他搜刮民财,收受贿赂。当地巡抚是县令的老师,他来到平湖,听到种种传言后很怀疑。于是他明察暗访,终于查明县令是清白的。巡抚很是高兴,为了鼓励并警策自己的学生,就赠给他一副对联:

> 平湖湖水水平湖,满而不溢;
> 无锡锡山山无锡,虚得其名。

这位巡抚大人实在是用心良苦,他是用对联告诫县令。上联隐含的意思是:就像那平湖水满而不溢,你有了政绩可要谦虚谨慎,不能自满啊!俗话说"满招损,谦受益"嘛!下联隐含的意思是:令我欣慰的是,那些对你不利的传言,就像锡山的锡一样虚有其名,让我虚惊一场。

清代才子李调元曾获罪被发配伊犁,后来接到了发回原籍的圣旨。经过长途跋涉到家之后,全家人都非常高兴。为了表示庆贺,李夫人亲自下厨烧了几个李调元爱吃的好菜。席间,李调元感慨万千，说到仕途官场的艰辛，又说到见到家人之后的无限喜悦，直听得李夫人热泪潸然。李夫人说："今天是大喜的日子，是老爷走向新生活的好日子。我赠老爷一副对联，为老爷助兴。"说完，她斟满了酒，道：

　　月圆月缺，月缺月圆，年年岁岁朝朝暮暮，黑夜尽头方见日；
　　花落花开，花开花落，夏夏秋秋暑暑凉凉，严冬过后始逢春。

你看，李夫人真不愧是才子李调元的夫人，这副对联撰得非常好，运用了多种修辞手法，比如回环、叠词、比喻等。

　　为母甘当民族英雄贤母
　　斯人无愧劳动阶级完人

这副对联是毛泽东为朱德母亲所撰。朱德对母亲的感情非常深厚，曾写过一篇《回忆我的母亲》，十分朴素感人。

再看一副对联：

　　束云归砚匣
　　裁梦入花心

这是清代画家郑板桥赠给李方膺的对联。李方膺曾做过知县，由于不善逢迎获罪罢官，后来隐居金陵，来往扬州，以卖画为生，是"扬州八怪"之一。他善画松竹梅兰，也作山水、人物，画风清新俊逸。这副对联语言简洁，意境优美。上联赞

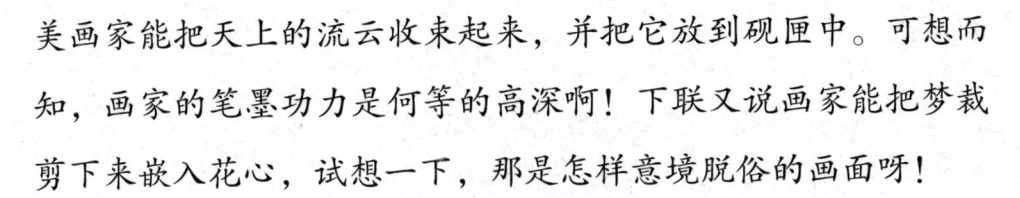

美画家能把天上的流云收束起来，并把它放到砚匣中。可想而知，画家的笔墨功力是何等的高深啊！下联又说画家能把梦裁剪下来嵌入花心，试想一下，那是怎样意境脱俗的画面呀！

传说明代书画家倪元璐曾在朋友家客厅里看见一副对联：

囊无半卷书，惟有虞廷十六字；
目空天下士，只让尼山一个人。

所谓"十六字"，是修身养性的十六字诀，即"人心惟危，道心惟微，惟精惟一，允执厥中"。"尼山"代指孔子。这副对联的意思是：别看我口袋里没有半卷书，但我有虞舜时期的风范，因此，普天之下除了孔子，其他人都不在话下。倪元璐心想：这老兄也太目空一切了，竟把自己和圣人孔子相提并论，真是无知者无畏。他回到家中，叹息一番，也写了一副对联，挂在墙上：

孝若曾子参，方足当一字可；
才如周公旦，容不得半点骄。

"曾子参"就是孔子的学生曾参，以孝著称；周公旦是周武王的弟弟，非常有才干，是有名的贤臣。对联的意思是：一个人孝如曾子，也才做到道德修养的一个方面；一个人才如周公，也容不得半点骄傲。这副对联等于是对前一副对联的回应。

后来，那位朋友造访倪家，看见墙上这副对联，联想到自己的那一副对联，不禁惭愧万分，长叹道："倪元璐才是真正的谦谦君子啊！"

　　　　巴蜀寿长，艺馨最数后之阿五老；
　　　　中原诗美，花艳首推前者第一红。

　　这是我赠给阿红先生的对联。阿红原名王占彪，是著名诗人、评论家，早在二十多年前就蜚声诗坛。阿红老先生为人热诚，笃情重义，宽厚仁爱，美名广布文苑，曾为我的《飞来石诗笺》作序。我为他撰写的赠联包含一个动人的楹联典故：

　　传说很久以前，蜀中有五位老者，年龄都已经很大了。他们经常在一起吟诗作画，把酒唱歌。"光阴不催人自老"，三位老人相继作古，又一年，阿四老人也驾鹤西归。于是，阿五老人为之撰写一副对联：

　　　　五老中惟余二人，悲君又去；
　　　　九泉下若逢三子，说我就来。

　　阿五老人潇洒豁达之风跃然联中。

　　许多赠联巧妙地将所赠对象的名字嵌入联中，如果嵌得自然会收到很好的效果。我有位朋友叫作李双金，他年轻有为，作风朴实，曾经在几个单位担任领导工作，受到群众的拥护。有一次，他请我送给他一副对联，我就根据他的工作特点和名字撰了一副嵌名联：

　　　　正气一身犹孤壁
　　　　清风两袖是双金

春色满园关不住
——楹联的作用

我们在品读楹联的过程中认识到,中国的楹联真是了不起,不仅很有趣味,而且其中还有那么多的文化、知识、道理。

楹联作为一种内涵十分丰富的文学样式,只要存在,就必定会发挥其应有的作用。下面我给大家讲一些楹联史上的逸闻趣事,从中可以看出,楹联这种短小精悍的文学形式会在不同的环境中发挥其他文学形式难以替代的作用。

清末湖北名士李仕彬,幼时好学,聪颖敏捷,深得先生的喜爱。有一年大年初一,他的父亲带他去给先生拜年。先生根据李仕彬所穿的蓝缎上衣出句道:

　　三尺天蓝缎

小仕彬向先生边揖边对道:

六味地黄丸

先生很高兴，他一边望着门外河上的断桥，一边又出上句：

今日过断桥，断桥何日断？

小仕彬出口对道：

明朝奔明月，明月几时明？

先生请李仕彬父子入室，指着书案上的烛台说：

火烛冲天亮，文光射斗。

小仕彬立刻取出身上的爆竹，应声答道：

惊爆落地响，怒气冲天。

先生闻罢动容，低眉略思，又出一上句：

除夕月无光，点数盏灯为乾坤增色。

小仕彬看见神龛上放着一只鼓，于是快步上前，扬棰一击，对道：

新春雷未动，击一声鼓替天地扬威。

先生大喜，连声赞道："真是神童！"

有一则故事出处不详，有数个版本，但是很有意思：

有一名官吏押解一群死囚行走在冰雪道中，他知道其中有一个秀才是蒙冤被抓，想放了他，苦于没有借口。想来想去，

趣谈楹联

他决定出一个较有难度的上联，秀才如果对上了，就当场放了他。于是这名官吏即景吟得一句上联：

　　空中腾雾，雾成云，云开见日。

至于这秀才能否免祸，就看他自己的本事了。接着，这名官吏把这句上联对囚犯们说了，并说如果有谁能够对出下联，当场释放。他的话音刚落，那秀才便应声对道：

水上冻冰，冰积雪，雪上加霜。

上下联属顶针对，出句、对句都很漂亮。这名官吏拊掌称善，免了秀才的死罪。

下面咱们介绍一个以楹联为武器与反动势力不懈斗争的进步文人刘师亮。生于清末的刘师亮当过塾师，做过生意，是四川著名的奇才子。他自小勤奋好学，后来遇到仕途落魄的王先生，以之为师。王先生曾给刘师亮出了一句上联"两头是路穿心店"，刘师亮随即对出了"三面临江吊脚楼"，因此王先生非常欣赏他。

刘师亮一生忧国忧民，渴望国家繁荣昌盛，人民安居乐业。

他曾信奉过康有为、梁启超，寄希望于光绪皇帝，也曾热烈拥戴过辛亥革命，但经历了各方势力"你方唱罢我登场"的残酷现实后，刘师亮感到非常失望。于是，他以对联为武器，于嬉笑怒骂之中，讽刺抨击封建势力、反动军阀及其黑暗统治，为人民和进步摇旗呐喊。

比如，慈禧和光绪死后，他写了这样一副对联：

洒几滴普通泪
死两个特别人

你看，这副所谓的挽联真可以说是极具讽刺意味。一般的挽联如果写到眼泪，往往用"悲泪""热泪"等，以表伤怀。可是刘师亮仅仅是"洒几滴普通泪"，不但是普通泪，还"洒几滴"，有点装模作样的意思，让人发笑。那么为何如此呢？下联说了，是因为"死两个特别人"。

作为皇帝，光绪虽然力图改革，但最后由于他的软弱，终于导致事败而身亡的悲惨结局。而慈禧呢？她在中国封建社会"牝鸡不得司晨"的理念中，掌政近半个世纪，生活极度奢华，嗜权如命，临死之前还安排只有三岁的溥仪登基，就是为了继续满足其垂帘听政的欲望。但人算不如天算，慈禧太后刚刚为光绪皇帝安排完后事，她自己也因病辞世。这不是非常特别的两个人吗？

1915年12月12日，袁世凯宣布登基，并改国号为"中华帝国"。这是公然的倒退行径，引起全国一致声讨。于是刘师亮用对联讽刺道：

> 普天同庆，庆的自然，庆庆庆当庆庆当庆当庆当当庆；
> 举国若狂，狂到极点，狂狂狂懂狂狂懂狂懂狂懂懂狂。

你看上联，"普天同庆，庆的自然"这本身就是正话反说。袁世凯的倒行逆施已经达到人神共愤的程度，遭到全国人民的强烈反对，这"普天同庆"怎能够"庆的自然"呢？而且刘师亮把象声词直接入联，以近于荒诞的方式表达了辛辣的讽刺和尖锐的批判。

当时统治四川的军阀政府横征暴敛，广大百姓苦不堪言，怨声载道。而宣传机构还不断高呼"民国万岁""天下太平"这样一些虚伪空洞的口号。刘师亮十分气愤，于是写了这样一副谐音对联：

> 民国万税
> 天下太贫

当军阀混战，土匪蜂起，生灵涂炭的时候，他又写了这样的对联：

> 伟人打仗争南北
> 暴客下乡抢东西

当他看到农民挑粪出城，竟然遭到城门守兵的拦截，索要捐税的时候，又十分气愤地脱口成联：

　　自古未闻粪有税
　　而今只剩屁无捐

刘师亮还有一副有名的对联：

　　莽莽大荒，闹到山穷水尽；
　　漫漫长夜，争来地暗天昏。

　　这副对联形式上非常工整。刘师亮对军阀混战、国弱民穷的社会现实表现出极度的愤恨，对国家、百姓所遭受的破坏和摧残表现出极大的痛心。

　　对联这种形式言简意深，雅俗共赏，为人民群众所喜闻乐见。有许多巧妙有趣的对联常令人击节赞叹。

　　1945年8月15日，日本宣布无条件投降，中国人民艰苦卓绝的抗日战争终于胜利了。这个消息立刻传遍长城内外，大江南北。举国上下一片欢腾，人们都用不同的方式来欢庆这一伟大胜利。全国各地都悬挂出标语口号，或是在大街小巷的店铺张挂对联表示庆祝。其他的我们就不说了，单说成都大街上出现的这样一副对联：

　　中国捷克日本
　　南京重庆成都

　　这是一副妙手天成的贺联。上联用了三个国名，意为中国战胜了日本。下联用了三个城市的名字。南京是国民政府的首都，在抗战期间，国民政府放弃了南京，重庆一度成为陪都。所以，下联说抗战胜利了，南京又可以庆祝重新成为名正言顺的国都了。

1949年，被国民党监禁在重庆渣滓洞的共产党人及民主人士庆贺新年。他们得知中国大部分土地都已经解放的消息，感到十分振奋，决定以联明志：

看洞中依然旧景
望窗外已是新春

这副对联对得非常巧妙，既是十分规范的辞旧迎新的春联，又表现出共产党人、革命者对新中国的即将到来感到欢欣和愉悦。再看：

两个天窗出气
一扇风门伸头

还有古诗集句：

满园春色关不住
一枝红杏出墙来

革命者对监狱的蔑视，对胜利的向往，还有革命乐观主义精神尽在联语之中。

怎样作好对联

前面我们欣赏了那么多对联，真是饶有情趣，脍炙人口。那么怎样才能作好一副对联呢？

前面说到楹联也称"对联"，所以楹联最讲求的就是一个"对"字。所谓"对"，就是对偶、对称，要做到字词对、平仄对，而且还要意对，要符合逻辑。

怎样才能做到以上几点呢？

首先，上下两联字、词数目相等，且词性相对。有许多联看着别扭，主要是对词性的辨别有问题。有许多人对动词和形容词的区别、形容词和副词的区别、介词和副词的区别把握不准。关于词性的辨别，有许多方法，这里不赘述。我们来看一副对联：

趣谈楹联

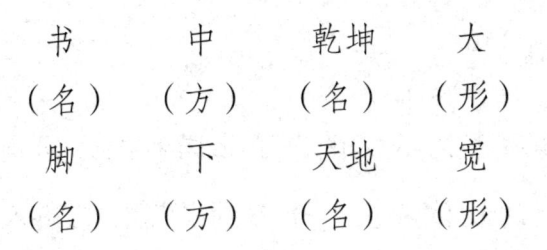

书	中	乾坤	大
(名)	(方)	(名)	(形)
脚	下	天地	宽
(名)	(方)	(名)	(形)

上下联中的名词、方位词、形容词均是两两相对。这副对联非常大气，有警句之妙。

讲一个故事：

传说清代乾隆年间有一次乡试，派了王尔烈去人才济济的江南主考。考试开始后，王尔烈连续三场都是以孔子的"学而时习之"为题，考生们都心中暗笑，以为王尔烈不过尔尔。第一场时众考生都使出浑身解数，下足气力写了一篇文章。可第二、三场还是写"学而时习之"，众考生渐渐词穷，再也没有什么可写的了。让考生们非常奇怪的是，每场考试王尔烈都坐在考棚中书写。考试结束后，王尔烈笑道："我也写了三篇以'学而时习之'为题的文章，请各位多多指教。"众考生一看，王尔烈的三篇文章各具特色，绝无雷同，不禁叹服。可其中有一个考生认为王尔烈这是有备而来，写三篇题目相同的文章不足以证明其才学，竟然在考场门上贴了一句上联：

南方千山千水千才子

这是赞扬南方山清水秀，人杰地灵，同时也是在考较王尔烈的本事。王尔烈看了，立即提笔写下：

北国一天一地一圣人

这下联对得可真厉害，不仅说出了北国和南方同是一天一地，而且还提醒江南的众位考生：千万别忘了，孔圣人乃万世师表，南方的"千才子"也都是北国"一圣人"的弟子呢！

其次，对联不仅要上下联的字词相对，也不能忽视结构问题。上下结构必须一致。上下联语的内容要相关、相对或相反。上下联所用的字、词一定得是对偶的，如果上下联虽然词性相同但内容毫不相干，就犯了作联之大忌（无情对除外）。例如：

墙上芦苇，头重脚轻根底浅；
山间竹笋，嘴尖皮厚腹中空。

这是明代解缙撰写的一副对联。上联说"墙上芦苇"的"根底浅"，下联就说"山间竹笋"的"腹中空"。上下联的处所、事物以及性质形成鲜明而形象的对比，语意精辟深刻，耐人寻味。再讲一个故事：

清代才子刘凤诰一只眼有眼疾。据说这一年科考，他连闯乡试、会试两关，但在殿试中却出现了问题。乾隆皇帝仔细地端详了刘凤诰的相貌后，发现他一只眼睛有毛病，就有些后悔。怎么办呢？乾隆决定对刘凤诰再考核一下，试其是否真有才学。如果确实才识卓著，就录用他。皇帝嘛，说什么都是对的。在殿试中，乾隆直奔主题，开口就是：

独眼不能登虎榜

意思是：你一只眼睛，身有残疾，照理不能登上皇帝钦定的金榜。刘凤诰一听，知道这是皇上因为自己的眼疾，欲罢黜而不忍。于是他十分谨慎地应对道：

半月依旧照乾坤

意思是：半轮明月仍然能朗照乾坤。你看刘凤诰对的下联，首先就是字、词对得相当工整。"半"和上联的"独"同属不是数字却含有数字概念的字。"依旧"和"不能"同是副词，而且在语义上一个表示继续，一个表示否定，对得非常工整。

乾隆一听，龙颜大悦，钦点刘凤诰为探花。

《九鲤湖志》记载了一个故事：有个使臣出使外国，事先到九鲤湖仙祠去祈祷。夜里他梦见一个读书人在唱：

青草流沙六六湾

使臣不经意地把这个句子记住了。到了那个国家后，国王盛情接待，席间出了一句上联：

黄河跃浪三三曲

使臣一听，这不是在说我国的九曲黄河吗？而且还是用三三相乘的方法来表示。想到这里，他一下子想起了在九鲤湖仙祠时梦中的唱词。于是，他便以这个句子作答。国王和大臣们非常佩服。

你看这副对联中,"黄河"对"青草",不仅词性对,而且颜色也对。"跃浪"对"流沙",不仅字对、词对,连浪和沙的动态也对得极为工整。"三三"对"六六","曲"对"湾",而且还同是运用了数字相乘的方法,真是整齐工稳,无懈可击。

第三,上下联所用之字、词要平仄相对。一般说来,上联以尾字仄声、下联以尾字平声为宜。楹联的创作讲求平仄,是节奏也是"旋律"的需要,使楹联具有朗朗上口、抑扬顿挫的音乐美。比如:

满地花阴风弄影
一亭山色月窥人

最后,我写出一副自撰的七言联:

石裙红女别古柳
山坡蜡梅开朝阳

凑句未必是佳构,供各位读者参考。